D1138228

**FOLIO** JUNIOR

Evelyne Brisou-Pellen

# L'HIVER DES LOUPS

Illustrations de Nicolas Wintz

Gallimard Jeunesse

# 1

## Un hiver menaçant

Quand la palissade se referma, le loup resta à la contempler fixement. Dans la nuit qui tombait, ses yeux brillaient d'une lueur étrange. On eût dit qu'il réfléchissait, ou peut-être même qu'il venait de prendre une décision.

Il tourna la tête vers la maison solitaire, là-bas, hors de l'enceinte qui protégeait le village, puis baissa le museau et se lécha distraitement la patte. Il portait là une ancienne blessure, une blessure faite par l'homme.

Dans la maison solitaire, Jordane avait allumé la chandelle. Ses petites sœurs étaient couchées. Elle, veillerait.

Elle veillerait parce que, même si elle n'avait que douze ans, elle devait être le père et la mère de ces petites. Les parents doivent veiller. C'est ce que faisaient les siens quand ils étaient encore là. Aujourd'hui, la mère était sous terre, le père loin, sur les routes de Saint-Jacques-de-Compostelle.

Veiller.

Les loups, elle les entendait. Elle les sentait dans sa peau. Elle savait qu'elle était des leurs, et cette pensée la terrorisait.

Elle ne voulait pas regarder par la fenêtre. Quand plus

rien n'allait, l'envie de fuir la prenait. Fuir dans les bois avec les loups. Mais voudraient-ils encore d'elle ? Huit ans avaient passé.

L'hiver précédent, le froid avait été terrible, il leur était tombé dessus d'un coup. Bien sûr, ils étaient prévenus : les oignons avaient mis force pelures, car eux savaient déjà que l'hiver serait rude et qu'il leur fallait se protéger. Les hommes avaient compté avec inquiétude toutes ces peaux superposées, sans arriver à y croire : comment imaginer une telle froidure, dans le pays de Bretagne ? Et pourtant...

La terre n'avait pas dégelé de l'hiver. Et alors on avait entendu les loups : leur gibier s'était terré et la faim les tenaillait. Ils commencèrent à s'approcher des habitations et à s'attaquer aux troupeaux. Toutefois, jamais ils n'avaient pénétré dans le village. Quand enfin, avec le printemps, le sol s'était réchauffé, ils avaient disparu, au grand soulagement de tous.

Avec la fin de la froidure, voilà que l'espoir était revenu.

Pourtant, on avait dû semer tard. Et la pluie par-dessus. Que seraient les récoltes ? Et puis la guerre, qui avait repris, une guerre où les Bretons se déchiraient en deux partis pour la possession du duché de Bretagne.

Ici, dans le village, on ne savait rien de cette guerre, sauf que des soldats étaient passés et qu'ils avaient pillé les récoltes. Derrière eux, ils drainaient une autre armée : celle des loups. Certains disaient d'ailleurs que ces loups étaient en réalité des soldats réincarnés : malfaisants ils étaient, malfaisants ils demeuraient.

L'ancien curé du village, qui était parti au début de l'été pour un pèlerinage à Rome, ne croyait pas du tout à cette réincarnation, il se fâchait que des chrétiens puissent avoir une pareille pensée. Lui disait que les loups prolifèrent toujours dans les temps troublés car lorsque les hommes sont occupés à la guerre, ils ne le sont pas à la chasse aux loups. Ce que prétendaient les uns, ce que prétendaient les autres... Il y avait peut-être aussi une autre raison à la présence des loups, mais jusque-là personne n'en avait parlé.

Et voilà que cet hiver-ci s'annonçait peut-être pire : les oignons s'étaient de nouveau engoncés dans d'innombrables peaux, les fourmilières se gonflaient, les corbeaux volaient haut. On avait regardé le ciel avec méfiance, et fait des provisions de bois.

D'abord, on ne les avait pas vus. Ils étaient restés là-bas, dans les Montagnes Noires. Et puis, à la première neige, on avait entendu leur hurlement. C'était encore loin, mais on savait qu'ils s'approcheraient à mesure que le froid s'installerait et que la faim les torturerait. Plus sûrement que les oignons, ils annonçaient un hiver glacial.

Un soir, le chien du sabotier s'était hérissé d'un coup, sans raison apparente. Et on sut qu'ils étaient là. Sale engeance... On ne voulait plus perdre une bête – l'hiver précédent avait été assez dévastateur – et on craignait la famine, tout autant que les loups. Alors, on avait résolu de protéger le village en édifiant des palissades, avec des fossés tout autour et une seule entrée, qu'on refermait la nuit.

Mais cela ne suffisait peut-être pas.

Un dimanche, le curé avait raconté en chaire l'histoire du grand saint Hervé, qui avait surpris un loup en train de dévorer son âne, et qui l'avait puni en l'attelant à la charrue pour remplacer sa bête perdue. Cela fit impression. Il n'en fallait pas plus pour qu'on rebaptise aussitôt le village « Saint-Hervé ». Deux précautions valent mieux qu'une, et la protection d'un saint n'est pas à négliger en pareille affaire.

Jordane se sentait mal. Elle avait peur. Peur des loups, ou peur pour les loups, elle ne savait pas.

Depuis que son père était parti, la maison s'était comme rétrécie. Elle se rappelait son baiser sur son front, sa longue pèlerine qui s'éloignait dans le soleil levant. Depuis, plus rien. Et puis, au début de l'hiver dernier, elle avait enterré sa mère et là, le monde s'était refermé.

Garin jeta un regard inquiet tout autour de lui : ces forêts ne finiraient donc jamais ? Il avait entendu les loups, pas très loin. La neige s'était remise à tomber et bientôt il ferait nuit.

Du temps qu'il vivait chez ses parents, le capitaine-gouverneur de la ville avait fait installer à chaque coin de rue des lanternes, qui éclairaient la nuit pour la rendre moins menaçante. Garin ne regrettait vraiment pas sa vie chez ses parents (où on distribuait plus de coups que de pain), mais les lanternes, si : ce soir, rien n'éclairerait la nuit.

Il se mit à siffler sans bruit « Que loin de moi est ma dame », et son souffle mourut tout seul sur ses lèvres. Coucher dans la forêt ? Impossible : il aurait fallu monter dans un arbre pour se mettre à l'abri, et il ne possédait même pas une corde pour s'attacher au tronc. Cela signifiait qu'il tomberait fatalement de l'arbre aussitôt endormi, et pour peu que les loups ne rôdent un peu près...

Il essaya de nouveau de siffloter, histoire de se prouver qu'il n'avait pas peur, et sans s'en rendre compte, il avait changé de chanson. Celle-ci disait : Il est bon de savoir en Bretagne manier l'épée et le bâton.

Allons ! l'hiver n'était pas encore assez avancé pour que la faim jette les loups sur l'homme... du moins, il l'espérait. Et puis il n'était plus un enfant (il avait sans doute pas loin de quinze ans, ou au moins treize ou quatorze). Or, les loups préféraient les enfants dodus et les jeunes filles bien tendres, c'est ce qu'on prétendait. Pourvu que ce soit vrai ! Comme il n'avait pas mangé depuis le matin, il espérait qu'en plus il avait mauvaise mine.

– De toute façon je suis trop maigre, murmura-t-il en épiant à droite et à gauche, et mes muscles sont trop durs... trop durs sous la dent – c'est vrai ! Rien de ce qu'il avalait n'avait jamais pu le faire grossir. – Il n'y a rien à manger sur mes os, ce serait du gaspillage, de la perte de temps. Non, je ne suis pas une proie digne d'un loup digne...

Et il se remit à fredonner :

– Non, je ne suis pas une proie digne d'un loup digne...

Machinalement, il se tâta la cuisse. Comme il marchait beaucoup, sa viande était ferme (Ahi ! pourquoi avait-il prononcé le mot « viande » ?). Non, il faudrait vraiment que les loups aient bien mauvais goût pour s'attaquer à lui. Il regretta tout de même de ne pas être un peu plus musclé, des bras surtout, et se jura fermement de faire un peu d'exercice... quand il en aurait le temps. Il fallait le reconnaître, seules ses jambes et ses mains travaillaient. Il évalua de sa main droite l'épaisseur du bras gauche et fit une petite grimace. Il aurait bien cherché une plaisanterie appropriée... Ouh ! un flocon de neige venait de lui tomber dans l'œil. De la neige ! Alors que le mois noir* commençait à peine ! Il porta la main à son œil et s'arrêta net... Qu'est-ce que ce hurlement... Un chien ? Crédiou non, pas un chien...

Il pressa le pas. Voilà qu'il entendait comme des frôlements dans les taillis. Il eut envie de se mettre à courir,

* En breton, novembre se dit « miz-dû », c'est-à-dire : « mois noir ».

mais courir lui était difficile, à cause de l'écritoire qu'il portait dans son dos.

Ne pas courir. De toute façon il ne fallait pas. Ne jamais fuir devant un loup. Garin examina les arbres autour de lui. Un vague soulagement le saisit : il ne se trouvait apparemment plus dans la forêt, il avait dû la quitter sans s'en apercevoir. Ici, les hautes futaies, de chaque côté, n'étaient que des sentinelles qui gardaient la route, perchées sur des talus plus grands que lui. Un chemin creux, voilà : il marchait dans un chemin creux, et un chemin creux, ça mène toujours quelque part, à une maison, à un village...

Il avait presque repris espoir quand, levant la tête, il aperçut... Ahi ! Il demeura un instant atterré : sur le talus, là, deux pupilles phosphorescentes. Sa bouche s'ouvrit, mais n'émit pas un son. Il ne bougea plus. Ne pas courir. De toute façon, il s'en sentait incapable. Que n'avait-il une torche, une chandelle, juste un peu de feu pour effrayer le monstre ? Il tâta nerveusement le balluchon qui pendait sur son ventre. Ridicule ! On ne voit pas comment une lanterne allumée pourrait s'y être glissée par mégarde. Rien à faire : il ne possédait pour se défendre que son bâton de marche et son poignard. Toutefois, ne rêvons pas : s'il avait à sortir son poignard, c'est que l'horrible bête serait déjà sur lui, et qu'il serait trop tard.

Les yeux... C'était à ne pas y croire : le loup le suivait là-haut, sur le sommet du talus. Sa silhouette noire et menaçante se découpait dans la faible clarté du soir. Plus vite. Plus vite !

... Oh non ! ... Un autre loup, sur le talus de droite ! Son cœur s'affola. Attendez ! lui, il n'était rien, personne ! Il ne méritait pas une escorte !

Crédiou ! Son écritoire ! Il la ramena vivement sur son ventre et se mit à taper dessus avec son bâton. Le bruit parût n'avoir aucun effet sur ses deux accompagnateurs. Garin se mit à marcher de plus en plus vite, mais les bêtes, là-haut, ne désarmaient pas. Elles allaient du même pas que lui, sans manifester pour l'instant l'intention de descendre sur le chemin, ni de l'attaquer.

« Ils attendent leur heure, se dit Garin en serrant les dents pour les empêcher de claquer. Ils attendent... »

Une clarté, là-bas... Le bout du chemin ? Oui... et plus loin, la lueur d'une chandelle. Une maison !

Les loups semblaient s'être arrêtés à l'extrémité du talus, chacun de leur côté. Incroyable ! Vraiment, ils ne le poursuivaient pas ? ... Il fallait continuer, continuer sans se retourner, sans respirer. La maison, la lumière, elles n'étaient plus si loin !

Malgré toutes ses résolutions, Garin se mit à courir. La maison, la porte. Il perçut, déchirant la nuit, le hurlement des loups. Il frappa.

# 2

## Drôle de maison

La porte s'était ouverte presque toute seule, il n'avait même pas eu le temps d'appeler, de crier qu'on se dépêche. La fille qui s'encadrait dans l'entrée paraissait plus jeune que lui. Onze, douze ans ?

– J'ai entendu les loups, dit-elle.

Garin en resta tout bête. Il remarqua qu'elle n'avait pas dit : « Je vous ai entendu », mais « j'ai entendu les loups », sans comprendre tout de suite ce qu'il y avait là d'étonnant. Il souffla :

– Ils… ils m'ont poursuivi…

– Ils ne vous auraient pas attaqué, ajouta-t-elle en s'effaçant pour le laisser entrer.

– Vous…

« Vous croyez ? » aurait voulu demander Garin. Bêtement, il n'avait plus de voix. Cette fille allait croire qu'il avait eu peur ! Sambleu, il était trop imprévoyant, quelqu'un le lui avait dit déjà. On n'attend pas la nuit pour trouver où dormir… Mais il était vivant, n'est-ce pas ?

– Vous avez raison, souffla-t-il en essayant de rire, ils attendaient que je grossisse un peu.

Tandis qu'il refermait la porte et s'appuyait contre elle,

comme pour se mettre mieux à l'abri, il se rappela les premiers mots de la fille.

– Heureusement que vous étiez là, soupira-t-il, et que vous avez entendu les loups brailler « Ouh ! la bonne viande que voilà ».

La fille eut un faible sourire.

– Ils ne sont pas allés jusque-là, remarqua-t-elle.

Garin lui lança un coup d'œil interloqué : on aurait dit qu'elle savait précisément ce que les loups avaient dit mais qu'elle ne jugeait pas utile d'en parler, comme s'il s'agissait d'une chose évidente.

Elle fit signe à Garin qu'il pouvait poser son écritoire sur la table et chuchota :

– Ne faites pas trop de bruit, les petites dorment.

– Vos parents ne sont pas là ?

– Non, juste mes petites sœurs. Elles sont jumelles. Vous venez de loin ?

– Assez. Je m'appelle Garin, je suis scribe. Est-ce que vous croyez que je pourrais passer la nuit ici ?

– Garin... ?

– Garin Trousseloup, précisa aussitôt le garçon.

Puis il rit : à force de s'inventer des noms, il ne saurait bientôt plus le véritable.

La fille crut sans doute qu'il riait à cause de la coïncidence, et elle tenta elle-même de sourire, mais crédiou ! jamais Garin n'avait vu quelqu'un d'aussi jeune sourire avec autant de difficulté.

– Hélas, dit-elle immédiatement, je ne crois pas que vous puissiez rester ici.

– ... Parce que vos parents sont absents ? Ils ne vont pas revenir ce soir ?

Elle secoua la tête :

– Ce n'est pas pour cela. Je suis Jordane Prigent.

Est-ce que ce nom aurait dû lui dire quelque chose ?

– Vous êtes religieuse cloîtrée ? plaisanta-t-il. Pestiférée ? Allergique aux écritoires ? Ou bien victime d'un enchantement ?... C'est cela : un enchantement qui interdit plus de trois personnes dans la maison, ou de porter un chapeau mouillé, ou d'arborer des chausses marron quand vous avez une robe verte...

– Ici, dit Jordane sans rien perdre de son sérieux, on dit que j'attire les loups, que c'est de ma faute s'ils sont là.

– Eh !... Les loups sont partout, je vous le garantis. Et vous pouvez me croire, parce que mes semelles ont foulé la boue de tous les chemins, et croisé bien des empreintes de leurs maudites pattes. Toutefois heureusement, jusqu'à ce soir ils m'avaient évité : je n'ai pas l'impression qu'ils recherchent tellement ma compagnie... C'est sans doute parce que je chante faux.

Difficile de détendre la jeune fille. Elle le regardait fixement, et enfin elle demanda :

– Ils sont partout ?

– Partout, répéta Garin.

Jordane considéra alors le garçon avec une grande attention.

– Ailleurs, interrogea-t-elle comme si sa vie en dépendait, sont-ils aussi proches des villages ?

Garin réfléchit. Aussi proches ? Il ne le croyait pas, mais était-ce bien la peine de le signaler ?

– Je n'y ai pas prêté attention, répondit-il.

Il examina l'étrange petite personne qui se tenait devant lui, à la fois jeune et vieille, menue et sérieuse, à peine entrée dans l'adolescence et déjà si grave... Elle avait un visage mince aux pommettes saillantes, des cheveux clairs et des yeux bleus qui paraissaient trop grands, comme s'ils voulaient trop savoir. Et pourtant, visiblement, ils ne parvenaient pas à en savoir assez pour résoudre... Résoudre quoi ? Cette fille semblait comme rongée par un tourment intérieur.

– Vous attirez vraiment les loups ? s'inquiéta-t-il soudain.

Jordane détourna la tête.

– Je ne crois pas, répondit-elle enfin.

Quelle drôle de réponse !

– Vous ne savez pas ?

Jordane lui lança un regard troublé. Elle ajouta :

– Il ne faut pas rester ici.

– Où irais-je ? protesta Garin, la nuit est tombée. Tout à l'heure ils ne m'ont pas trouvé à leur goût – du pouce, il désignait la porte – mais le temps passant, ils auront peut-être des regrets.

Jordane lui lança un regard indéchiffrable. Quelle drôle de fille ! quelle drôle de maison !

Mystère... Eh ! Mystère faisait peut-être partie de ce maître-mot que le vieux Simon, le chancelier du château de Montmuran, lui avait conseillé de rechercher. Quand on l'avait trouvé, un maître-mot protégeait de tout... De tout... Même des loups ?

Mystère... un mot délicieux, tout de passion et de peur.

– Rester ici peut être dangereux, reprit l'étrange fille. Vous verrez, les villageois vous mettront en garde.

– Dangereux ? s'exclama Garin en riant, pour masquer le malaise qui commençait à l'envahir. Vous ne me connaissez pas : mon nom est Garin Troussevillageois !

– Pas Trousseloup ?

– Oh ! ça dépend des jours ! plaisanta-t-il.

– Vous modifiez votre nom ?

– Pas vous ? Vous devriez ! vous n'imaginez pas comme c'est agréable de changer de peau de temps en temps.

Il aurait pu expliquer comment s'affubler d'un patronyme courageux pouvait donner du courage, car dans son métier, sans un peu d'énergie on ne survivait pas. C'est que son vrai nom de Troussebœuf ne lui paraissait pas très... héroïque.

Jordane le fixait avec grand sérieux.

– Je ne crois pas que changer de nom m'aiderait beaucoup, soupira-t-elle.

Drôle de fille, drôle d'atmosphère... Non, finalement Garin n'avait aucune envie de partir. Depuis le temps qu'il sillonnait les routes, il avait appris à sentir les gens. Il se fiait à son intuition.

(Bon... Éviter de se rappeler les fois où son « intuition » lui avait joué des tours.)

Cette fille-là, il ne la craignait pas. Et puis où irait-il ?

– Ne me faites pas croire que cette maison est plus dangereuse que la tanière des loups.

– Les villageois le pensent, répliqua-t-elle sérieusement.

– Alors ça, je m'en moque ! Des villageois obtus, des paysans bornés, des bourgeois poltrons, il y en a plus que de poils sur le dos d'un loup.

– Je vous assure, insista Jordane, pour vous le village c'est mieux. Bien sûr, ils ont fermé la porte, mais peut-être ouvriraient-ils ?

– Vous voyez ! ce n'est même pas sûr ! – Il prit un ton théâtral – Auriez-vous le cœur de m'envoyer me faire dévorer par les gloutons aux longues dents ?

La fille eut de nouveau ce petit sourire incertain. Il sembla à Garin qu'elle était finalement soulagée qu'il veuille rester.

– Asseyez-vous, dit-elle.

Dans la cheminée brûlait un feu de branches de genêt, du moins ce qu'il en reste quand les animaux en ont dévoré même l'écorce.

– C'est un mauvais moment, dit Jordane en tendant à Garin un morceau de pain.

Le garçon remarqua que la table était belle, presque une table de riche, et que la maison se composait de deux pièces, ce qui était signe d'aisance. De plus, ces deux pièces étaient réservées aux humains, et on apercevait au fond une porte fermée, derrière laquelle on entendait par moments des mugissements étouffés. Il y avait un toit solide, de vrai chaume, et la cheminée tirait bien, ne refoulant pas du tout de fumée dans la pièce.

– Les loups sont là, reprit Jordane à voix basse, et le village a peur. La peur, il n'y a rien de pire. Elle peut transformer le meilleur des hommes en meurtrier.

Où Garin était-il tombé ?

– Y a-t-il tellement de loups ?

– C'est que… il y a les loups, et il y a moi… Ne parlons plus, voulez-vous ? Les bêtes savent quand on parle d'elles. Surtout à la nuit, car elles veillent quand nous dormons.

Dans le silence qui suivit, on perçut une sorte de chant lugubre, une note ample à vous glacer le sang.

# 3

## La fille aux loups

Garin fut réveillé par un bruit sec. Un caillou sur le montant d'une fenêtre. Puis quelqu'un cria :

– Cessez !

Il ouvrit brusquement les yeux, surpris de se trouver là. ... Où « là » ? Voyons... il avait dormi dans la paille... au-dessus d'une étable, et la chaleur des animaux, qui montait, l'avait empêché d'avoir froid. La maison de la fille aux loups ! Ça y était ! Il se rappelait !

S'agrippant à sa cape pour ne rien laisser échapper de sa chaleur, il rampa jusqu'à l'ouverture du grenier. Il faisait à peine jour. Dehors, le sol était moucheté de quelques flocons égarés. Sur l'aire à battre, devant la maison, il y avait un petit rassemblement d'hommes et de femmes, et trois enfants. Était-ce les enfants, qui avaient lancé les cailloux ?

– Jordane ! appela un homme.

En bas, la porte s'ouvrit en un lent grincement.

D'où il se tenait, Garin voyait parfaitement l'homme qui avait pris la parole : très grand, très brun, un sacré costaud. Il portait un tablier de cuir épais. Un fèvre* sans doute, ou un maréchal-ferrant. Il s'adressa de nouveau à la fille :

* Forgeron.

– Un chien a été égorgé cette nuit, que dis-tu de cela ?

Jordane ne répondit pas. Alors, une des femmes intervint d'un ton qui se voulait conciliant :

– Si tu sais leur parler, ordonne-leur de s'en aller.

– Je ne sais pas leur parler, répliqua Jordane d'un ton où perçait un début de panique.

– Tu connais leur langage.

– Non, vous vous trompez, je ne sais plus.

– Tu te rappelleras, s'emporta l'homme, il y va de notre vie, et de la tienne !

Et ces quelques mots semblaient contenir comme une menace.

– Vous ne comprenez pas, dit Jordane. Même si je pouvais... la notion de « s'en aller », comment voulez-vous qu'ils la saisissent ? Ou bien ils ne se sentent pas chez eux ici, et ils ne font que passer, ou bien ils estiment qu'ils sont sur leur territoire, et ils n'en partiront pas. Je vous en prie, laissez-moi tranquille, je suis aussi inquiète que vous, mais je ne peux rien, je vous le jure !

Elle referma la porte sans brusquerie.

Dehors, les villageois demeurèrent un instant immobiles, puis ils se mirent à parler entre eux avec animation. Garin entendit :

– Censément, elle ne les connaît pas, mais elle a bien su expliquer cette histoire de territoire...

– Ici, se fâcha l'homme au tablier de cuir, c'est notre territoire, pas le leur ! Et on va leur enfoncer ça dans le crâne.

Garin rentra la tête. Il commençait à avoir froid. Pour le territoire, sûr que Jordane avait raison, et ce serait bien étonnant que les loups puissent partager le point de vue de l'homme : les loups n'avaient aucune idée de l'existence des actes de propriété. D'ailleurs, si par hasard ils

en avaient connaissance, ils les posséderaient probablement eux-mêmes. Garin s'imagina aussitôt, assis au centre du cercle des loups, en train de rédiger un acte officiel :

*Je soussigné Garin, scribe officiel de la Cour du Monde, déclare que la forêt depuis le Gros Caillou jusqu'au hêtre du carrefour des Pendus, appartient à Gronez Velu, et que la lande au-dessus du Ruisseau des Jonquilles est propriété de Poildur Sanpitié.*

Il descendit par l'échelle jusque dans l'étable, où il dut pousser l'arrière-train de la vache pour se frayer un chemin. Plus loin, un beau cheval extirpait du râtelier quelques brindilles de foin qui y étaient restées accrochées. De l'autre côté de l'échelle, on avait parqué deux cochons et une chèvre. Des poules circulaient çà et là, picorant par terre les débris de nourriture laissés par les autres animaux. Garin ouvrit la porte de communication avec l'habitation.

Assises à la table, il y avait deux petites filles, se ressemblant d'une manière hallucinante. Elles le considérèrent avec des yeux ronds, sans prononcer une parole.

– Belle journée ! lança Garin.

Elles eurent un sourire timide et se regardèrent comme pour se consulter sur la conduite à tenir.

– Rassurez-vous, je ne viens pas pour manger votre bouillie, reprit-il pour tenter de détendre l'atmosphère, mais si vous la laissez refroidir, elle sera bonne à donner aux cochons...

– Il a raison, approuva Jordane qui se tenait près de la cheminée, dépêchez-vous.

Puis elle servit une louchée de la même bouillie dans une écuelle de bois, et la poussa vers Garin.

– C'est tout ce que j'ai, dit-elle d'une voix contrite, j'espère que cela vous contentera.

– C'est bien, déclara Garin, c'est mon rêve depuis toujours ! De la bouillie ! Quelle merveilleuse idée !

– Cessez de vous moquer, repartit Jordane avec un pauvre sourire. Comment avez-vous toujours le cœur à plaisanter ?

– C'est que la vie est courte, et que j'essaie de ne pas me la gâcher.

Jordane fixa Garin comme elle l'avait déjà fait à plusieurs reprises.

– Vous avez de la chance, articula-t-elle.

Garin engouffra une cuillerée de bouillie pour n'avoir pas à répondre. Trop gai il n'était pas dans le ton, trop triste il deviendrait lugubre. Pour la dixième fois peut-être, il se répéta : quelle drôle de maison ! On n'avait que de la bouillie de pauvre, mais on la servait dans une écuelle, comme chez les riches, au lieu de poser la marmite au milieu de la table pour que chacun y puise avec sa cuillère.

... Il ne pouvait pas non plus faire comme si de rien n'était, c'était idiot, bête et méchant.

– Ils s'y prennent de bon matin, remarqua-t-il enfin en indiquant la porte d'un mouvement du menton.

Jordane hocha la tête sans répondre.

– Cet homme n'a pas l'air de plaisanter... le gros, là...

– C'est épouvantable, souffla Jordane d'un coup. Ils comptent sur moi...

Elle semblait si angoissée que Garin eut pitié d'elle :

– Ils voudraient juste croire que vous pouvez faire quelque chose, pour se rassurer, sans plus. C'est comme de s'adresser à Dieu, ou à la Vierge Marie.

Jordane secoua longuement la tête.

– Ce n'est pas pareil, dit-elle enfin d'un air abattu. Si

Dieu ou la Vierge ne les exaucent pas, ils penseront que c'est parce qu'ils ne l'ont pas mérité, à cause de leurs péchés... tandis que moi...

Il y avait presque de la frayeur dans ces derniers mots. Garin sentit l'aiguillon de la curiosité lui picoter la langue ; et quand sa langue le picotait, il lui fallait l'agiter aussitôt. Il n'y pouvait rien : c'était un réflexe.

– Qu'avez-vous à voir au juste avec les loups ?

Elle n'ouvrit pas la bouche. Elle semblait oppressée.

– Vous comprenez leur langage, ajouta Garin : hier vous avez su que j'étais là avant même que je ne frappe à la porte, non ?

Jordane le regarda si fixement que ses yeux parurent s'agrandir.

– Vous voulez dire, demanda-t-elle soudain avec anxiété, que vous n'aviez pas compris qu'ils se prévenaient entre eux de votre présence sur leur territoire ?

– Ma foi non.

– Et vous croyez que les autres... ceux du village... ils ne comprennent pas non plus ?

– J'en mettrais ma main au feu.

Le visage de Jordane devint exsangue.

– Ce doit être uniquement une question d'habitude, crut bon d'ajouter Garin. Après tout, les gens savent bien si leur chien aboie parce qu'il y a un intrus, ou parce qu'il a faim et voudrait manger, ou parce qu'il voudrait qu'on le détache... Ceux qui connaissent bien les loups doivent pouvoir interpréter leurs cris.

Jordane hocha la tête. Cela n'avait pas l'air de la rassurer du tout.

– Ce matin, dit-elle enfin, ceux du village m'ont demandé de les chasser, mais le fond de leur pensée, c'est que je les attire.

– Et c'est vrai ?

– Non non ! je ne fais rien. Seulement... peut-être qu'ils se souviennent.

– De quoi ?

La jeune fille observa un moment Garin, avant de hausser les épaules :

– Si je ne vous le dis pas, ils vous le diront.

Étant donné la direction du signe de tête, « ils » désignait les villageois. Jordane s'assit sur le banc du bout de table.

– Lorsque j'avais trois ans, reprit-elle, au printemps, je me suis perdue dans la forêt. On ne m'a pas retrouvée. On était sûr que j'avais été dévorée par les loups, et on m'a fait une tombe, sous le seuil de la maison, comme c'est l'habitude pour les tout-petits.

Crédiou ! Avoir sa tombe de son vivant, cela marquait une vie, non ? Le reste du temps passé sur cette terre devait apparaître comme un sursis !

– Ce n'est qu'au début de l'hiver, poursuivit Jordane, que des charbonniers m'ont retrouvée Tout ce temps, je l'avais passé avec les loups : un père, une mère, des frères et des sœurs. Je ne savais plus parler, seulement émettre des sons rauques. Il me semble que je ne connaissais que des choses simples : prévenir d'un danger, par exemple, où signaler que l'intrus quitte le territoire, comme les loups l'ont fait pour vous hier au soir. Aujourd'hui, je ne suis plus capable de leur parler. Je crois que j'ai voulu oublier, ou que mes parents ont voulu que j'oublie. Ils avaient peur que je ne retrouve pas ma place parmi les hommes... Mais vous m'avez ouvert les yeux : vous m'avez montré que je saisis leur langage mieux que tout le monde.

– C'est une histoire incroyable ! s'exclama Garin.

Et immédiatement, il sut qu'il se la récupérerait pour lui-même un de ces jours : il adorait s'inventer de nouvelles vies ! Celle-ci lui parut cousue sur mesure. Du vrai Garin ! Enfin, on n'en était pas là.

– Conservez-vous des souvenirs de ce temps ? interrogea-t-il avec intérêt.

– Je ne sais... Parfois, j'ai l'impression que je ne porte pas sur les choses le même regard que les autres. Par exemple, ils ont peur de la forêt, et moi pas. Ils en parlent toujours comme d'un monde inquiétant, alors que je la vois de l'intérieur, et que je m'y sens bien. Mes impressions de cette époque... c'est curieux...

Elle s'arrêta, comme frappée par une révélation subite.

– C'est, dit-elle enfin, un sentiment de sécurité... troublé soudain par une grande peur...

– La peur de quoi ?

– ... des hommes. La peur des hommes.

Elle demeura silencieuse, la tête baissée. Garin essayait de se représenter, lui, dans la peau d'un loup, et de voir le monde extérieur avec ses yeux. Les hommes étaient hauts, plus hauts que lui, ils avaient des armes tranchantes, ils ins-

tallaient des pièges terribles qui vous déchiraient les entrailles, ils tuaient les petits, il fallait éliminer ces bêtes malfaisantes...

Eh ! de quoi parlait-il ? Attention, il était dans le clan des hommes, lui ! Il n'y avait pas forcément à en être fier, mais il était de ceux qui avaient deux bras et deux jambes, sans protection aucune sauf quelques poils en bataille, ridicules, des ongles qui cassaient dès qu'ils grandissaient un peu, et des dents d'une taille à faire écrouler de rire une meute entière.

– A quoi pensez-vous ? demanda Jordane.

– Rien, des bêtises, comme d'habitude. Continuez.

– Les loups... je ne les avais jamais revus. Mon dernier souvenir, c'est que celui qui était avec moi lorsque j'ai été récupérée par les hommes a été gravement blessé à la patte en voulant me défendre.

– Et maintenant, ils sont revenus...

– Ils sont revenus. L'an dernier. Ils ne se sont jamais approchés de la maison mais... mais cette année, je les ai vus là, au fond de la prairie. Est-ce qu'ils me connaissent encore ? Je ne sais pas... Je ne sais pas.

Jordane regarda le sol. Il y avait du désespoir dans sa voix.

– Reprenez-vous votre chemin ? demanda-t-elle enfin en faisant un effort sur elle-même.

– Je ne crois pas. J'ai besoin de gagner un peu d'argent. Je vais aller voir au village s'il y a du travail pour moi.

– Quelle sorte de travail ?

– Écriture. Je vous l'ai dit, je suis scribe : j'écris pour tous ceux qui ne savent pas le faire, des messages, des reconnaissances de dettes, des lettres d'amour. On me demande même parfois des menaces de mort, vraiment n'importe quoi !

Il rit pour se détendre un peu puis, reprenant son sérieux :

– Vous avez peut-être quelque chose à écrire. Ce serait gratuit, pour vous remercier de votre hospitalité.

– Non... Non.

Garin voyait bien qu'elle songeait à quelque chose.

– Une missive ? proposa-t-il.

– Non... Hélas non. Si je savais où joindre mon père, je lui ferais écrire, pour qu'il revienne, mais un pèlerin...

– Où est-il parti ?

– Il a commencé par le pèlerinage du Mont-Saint-Michel, ce qui n'est pas très loin, et puis il est parti maintenant pour Saint-Jacques-de-Compostelle. Cela fait longtemps... Trop longtemps. Plus de deux ans. Je ne sais où il est ni ce qu'il fait, je ne sais même pas si la missive le prévenant de la mort de ma mère a pu lui parvenir... S'il l'avait eue, il serait revenu aussitôt.

– Il est parti en vous laissant seules, avec tout le travail ?

– C'est un homme très pieux. Il pense qu'une grande partie de sa vie, il la doit à Dieu.

Garin ne fit aucun commentaire. Il lui semblait que le devoir du père était avant tout de nourrir sa famille et de la protéger.

– Il ne nous a pas laissées sans rien, reprit aussitôt Jordane comme si elle avait pressenti les pensées du garçon. Il avait dit qu'il ne serait pas absent très longtemps, mais le temps n'a sans doute pas la même valeur pour lui et pour moi... A l'époque de son départ, nous n'étions pas dans le besoin, car cette maison nous appartient, vous savez, et toutes les terres autour. Le seigneur les a données à mon arrière-grand-père en récompense de ses services pendant la croisade, où ils ont combattu ensemble.

Du moins c'est ce que j'en sais. Mon père a laissé aussi de l'argent, assez pour payer les hommes qui travaillent notre terre, seulement…

– Seulement ?

– Oh ! rien ! Voyez, je n'ai pas de travail pour vous, et je ne sais pas si vous en trouverez au village, parce qu'ici on vit sur les terres du seigneur de Lémur depuis toujours, et on ne connaît rien d'autre. A qui voudriez-vous que les gens écrivent ?

– Oh ! s'exclama Garin en riant, il n'y a pas que les missives, et selon les situations… faites-moi confiance. Vous m'avez ouvert les yeux, je sais très bien maintenant comment trouver du travail.

# 4

## LE VILLAGE DERRIÈRE LES PALISSADES

Garin franchit l'espèce de pont-levis qui enjambait le fossé, et passa l'unique porte du village. Immédiatement sur sa droite, surveillant les entrées et sorties, un atelier ouvert à tous les vents, une forge, où un jeune garçon activait bon train un soufflet pour attiser un feu déjà rougeoyant.

Près de lui, un homme penché tenait entre ses genoux la patte de derrière d'un gros cheval. Garin ne voyait de l'homme que ses fesses, mais il les reconnut tout de suite et se sentit immédiatement l'envie de les lui botter... Ne rêvons pas : l'homme qui était en train d'appliquer sur le sabot un fer encore rouge était beaucoup trop fort pour lui. Il y eut comme un chuintement, et puis une épouvantable odeur de corne brûlée.

Le jeune garçon aperçut Garin et, sans cesser d'activer le soufflet, fit un signe à l'homme occupé à ferrer le cheval. Celui-ci tourna alors la tête pour évaluer l'intérêt de l'information, avant de se décider à lâcher la patte de l'animal et à se redresser avec une lenteur étudiée. Pas d'erreur : il s'agissait bien du même homme, celui du matin, avec le tablier de cuir. Le maréchal-ferrant. Ses manches de chemise, remontées jusqu'au coude, découvraient des bras énormes et velus comme ceux d'un ours.

– D'où venez-vous ? interrogea-t-il avec méfiance.

– De partout, de nulle part.

– C'est qu'il n'y a pas tant de voyageurs à passer ici, précisa l'ours sans doute pour excuser son indiscrétion.

Il réalisa soudain qu'il serait le premier à avoir les échos des mondes qui s'ouvraient par-delà la forêt, et demanda, d'un ton assez modéré pour masquer sa curiosité :

– Vous avez donc des nouvelles de ce « partout » et ce « nulle part ».

– Mon Dieu, il se passe des choses dans ce pays, dit Garin avec grand sérieux. Maintenant, on y voit des ours jusque dans les villages.

L'homme ouvrit de grands yeux :

– Vrai ? s'étonna-t-il sans percevoir le moins du monde l'ironie.

– Je connais même une contrée où on leur apprend à servir à table et à garder les moutons, à cueillir des mûres, à tailler la vigne, à écosser les petits pois et à ferrer les chevaux.

Bien sûr, l'homme ignorait qu'il avait affaire en Garin au colporteur de nouvelles le plus inventif. Il s'exclama d'un ton admiratif :

– Eh bien, il nous en faudrait bien ici, quelques ours, parce que les loups les craignent. Peut-être que ça nous en débarrasserait. Seriez-vous dresseur d'ours ?

– J'ai fait ce métier autrefois, imagina aussitôt Garin, mais c'est fini.

– Vous avez arrêté ?

– Oui, à cause des puces.

– Quelles puces ?

– Celles des ours. Le sang des ours est si bon pour les puces qu'elles grossissent, grossissent, elles finissent par devenir de la taille d'une souris, et quand elles vous sautent dessus, ça vous fait des bleus, et leur piqûre vous laisse un trou tellement gros qu'il faut le boucher à la mie de pain. Quand j'ai eu de la mie de pain partout, j'ai abandonné le dressage des ours.

Le jeune garçon paraissait tout éberlué de cette histoire. Quant au maréchal-ferrant, il ne savait trop qu'en penser. Il gratta son épaisse chevelure brune (était-ce l'évocation des puces qui le démangeait ?), ce qui décida Garin à changer illico de sujet : plus l'histoire est invraisemblable, plus elle doit être courte. Le mieux était d'enchaîner immédiatement sur quelques vérités, en dosage bien équilibré, pour désarmer toute velléité de doute.

– Maintenant, dit-il, je suis scribe. Je passe ici et là, pour proposer mes services.

Le maréchal-ferrant eut la même réaction que Jordane :

– Des services d'écriture ? Ici personne n'écrit jamais à personne.

– Bien sûr, mais ce ne sont pas mes seuls services, et dans des circonstances comme celles que nous vivons...

– Que voulez-vous dire, l'ami ? De quelles circonstances est-ce que vous parlez ?

– Je veux parler de ce qui rôde... Les hommes d'armes, par exemple, la lèpre, la bosse, les écrouelles, la fièvre quarte*, et puis eux...

Le maréchal-ferrant suivit la direction du regard de Garin.

– Eux ? demanda-t-il en désignant la forêt, mais sans nommer les loups. Qu'ont-ils à voir avec vos écritures ?

– Ils sont peut-être la mort, dit Garin. La mort.

---

* Lèpre, bosse (peste), écrouelles et fièvre quarte sont des noms de maladie.

L'homme fronça ses épais sourcils. Il était anxieux, mais ne comprenait toujours pas.

– La mort, reprit Garin, y avez-vous pensé ? Qui héritera de votre forge ?

Garin vit qu'il avait visé juste (ce qui était facile, car il savait par expérience qu'il y avait souvent des histoires sordides et des inimitiés dans les familles). Il se trouvait que le maréchal-ferrant n'avait pas d'enfant, et qu'il n'aimait pas tous ses neveux également. Jean, par exemple, pas question qu'il hérite, celui-là !

– Peut-être, dit-il d'un ton bourru. Peut-être...

Il se saisit distraitement d'une poignée de clous à ferrer et, par habitude, en coinça une partie entre ses lèvres. Soulevant de nouveau le pied du cheval, il posa la pointe d'un des clous sur un trou du fer tout neuf, saisit son marteau dans l'autre main et, d'un coup adroit, enfonça le clou net où il fallait.

Garin ne put s'empêcher d'admirer la précision : c'était du joli travail.

Le maréchal-ferrant extirpa de sa bouche un deuxième clou puis, se ravisant soudain, il s'appuya sur l'énorme croupe du cheval qui n'osait pas encore reposer son sabot à terre, et examina Garin de la tête aux pieds.

– Vous arrivez bien tôt dans le jour, dit-il enfin après avoir recraché dans sa main le reste des clous. Vous n'avez pas dormi dans la forêt, tout de même !

– Non, non, naturellement. J'ai dormi dans une maison en dehors de votre palissade.

– Chez Jordane Prigent ?

– Ma foi – Garin fit l'innocent – je crois que c'est comme ça qu'elle s'appelle.

... Pour en savoir plus, il ne faut surtout pas avoir l'air de s'intéresser au sujet, car les autres détestent vous renseigner. Par contre, ils adorent vous démontrer votre ignorance.

– Eh bien ! vous n'avez pas peur, vous ! fit aussitôt le maréchal-ferrant .

– Peur de quoi ?

– Elle est bizarre, cette fille, vous n'avez pas remarqué ?

– Ma foi non.

– Moi, c'est pas mes affaires, mais à votre place, je me tiendrais loin de cette maison.

– Off... il n'y a qu'une fille et deux petits bouts de fillettes.

– Justement. Pourquoi ?
– Ça...
– Parce que le père est parti en pèlerinage. Pourquoi ?
– Sans doute est-il très pieux.
– Et il ne revient pas. Pourquoi ?
Garin haussa les épaules en signe d'ignorance. Ces « Pourquoi ? » commençaient à l'agacer.
– Parce que, assena le maréchal-ferrant, il veut racheter l'âme de sa fille. Ou alors, il a simplement trouvé cette excuse du pèlerinage pour ne pas rester près d'elle.
– Oh oh ! souffla Garin.
– C'est qu'elle a commerce avec les loups, et même peut-être pire...
Le maréchal-ferrant regarda autour de lui. Il surprit l'expression attentive de son jeune apprenti et renonça à en dire plus.
Déçu dans son attente, le jeune garçon ajouta pour se rendre intéressant :
– Et même son nom, hein ! Jordane ! Ce n'est pas un nom d'ici.
Garin se retint de hausser les épaules. Pas malin, celui-là, pas malin du genre dangereux : un qui suivrait n'importe quoi et n'importe qui sans se poser la moindre question. Son nom, ce n'étaient tout de même pas les loups qui en étaient responsables ! En tout cas, Jordane ne lui avait pas proposé de demeurer plus longtemps chez elle et elle avait eu raison : s'il habitait là-bas, personne ne viendrait le voir.
– Je vais rester ici quelque temps, informa-t-il avec détachement, et voir s'il y a un peu de travail. Où pourrais-je loger, à votre avis ?
– Je ne sais pas, fit le maréchal-ferrant comme si on lui avait posé une question totalement incongrue.

– Il n'y a pas une auberge ?

– Une auberge ? Non. Il ne vient jamais personne, ici... enfin, personne qui veuille loger. Euh... Peut-être chez la veuve Guillou, la troisième maison, là !

Garin considéra alors le village pour la première fois. C'était tout juste un gros hameau : à peine une quinzaine de maisons, des masures de boue et de mauvaise pierre, au toit couvert de genêt. Certaines (qui n'avaient pas de cheminée ou dont la cheminée tirait affreusement mal) fumaient de partout. Et là-bas, au bout de la rue fangeuse, une église, plutôt grande pour un aussi petit village. Servait-elle également à tous les hameaux des environs ?

La maison de la veuve paraissait à première vue plus propre que les autres, et elle ne fumait presque pas. Garin n'y frappa pas tout de suite : il voulait d'abord faire le tour du village, histoire de savoir où il mettait les pieds. Il devinait derrière les fenêtres minuscules, tendues de papier huilé, les regards scrutateurs. Le papier huilé laissait passer la lumière, mais il n'était pas assez transparent pour qu'on pût bien voir au travers, si bien que les portes ne tardèrent pas à s'entrouvrir discrètement, comme par mégarde. Un étranger au village !

Bah ! Village ordinaire. Il n'y avait vraiment rien à voir. Quelques poules, des cochons dans leur enclos, des chiens qui lui aboyaient dessus en tirant sur leur chaîne comme des forcenés.

Tiens tiens... Tout de même... Il était clair que le village vivait une situation peu ordinaire : on enfermait les cochons, on ne lâchait pas les chiens... c'est donc qu'on avait peur que les loups ne les dévorent. Oui, ici régnait la peur. Crédiou ! c'était bon pour lui : il écrirait des testaments.

Oui... mais lui... ne risquait-il pas sa peau, comme les autres ?

Garin se força à ricaner : non et non, il ne risquait rien. Ces culs-verts étaient des pleutres. Ils tremblaient pour leurs chevaux, leurs moutons, leurs chiens, alors ils ne savaient plus où situer les limites de ce qu'ils avaient à craindre. Or, les loups ne s'attaquent que rarement à l'homme. En tout cas Garin, lui, n'avait jamais eu de problème avec eux.

Enfin... pour l'instant.

Discrètement, il glissa son pouce droit dans son oreille, et son petit doigt sur sa narine. « Saint Garin, protégez-moi. »

Eh quoi ? Un petit geste protecteur et une petite prière n'avaient jamais fait de tort à personne !

Il regarda vers la forêt, et frissonna.

# 5

## LA MARQUE DU LOUP

Le bruit s'était répandu comme une traînée de poudre. Même ceux qui ne possédaient rien ou presque tenaient à faire marquer par écrit à qui ils léguaient l'écumoire, à qui le tabouret boiteux. Et puis, de voir inscrites des lettres noires qui désignaient leurs biens – une écuelle, une couette de plumes – multipliait la valeur de ces malheureux objets.

Ce fut un défilé continu depuis le début de l'après-midi. Chacun tenait à savoir combien cela lui coûterait, chacun tenait à raconter pourquoi il voulait léguer à untel, déshériter tel autre.

– Comprenez, expliqua la veuve Guillou, qui fut sa première cliente, ma cousine Marie laisse son âne passer la tête par-dessus la haie pour brouter dans mon champ. C'est pas des manières honnêtes, elle n'aura rien.

Et la veuve Guillou hocha la tête… une grande tête d'âne, avec un visage osseux, de longues dents en avant, encore bien saines pour son âge… Il n'y avait pas de vraie méchanceté en elle, juste de ces rancœurs de villages qui s'ennuient. Depuis ce matin, elle souriait tout le temps : elle était ravie de l'animation que l'activité du scribe mettait dans sa maison.

Garin reçut chacun un par un avant d'écrire quoi que ce soit, compta ses clients – trente-cinq ! – et s'aperçut avec effroi qu'il manquerait de matériel, car du parchemin, bien sûr, impossible de s'en procurer ici ! La seule façon de résoudre le problème serait donc de rédiger plusieurs testaments sur la même feuille. Cela n'était pas habituel, mais comment faire autrement ?

Il finit par rassembler tout le monde devant l'église : la taille de la petite place semblait juste calculée pour accueillir l'ensemble des villageois. Il expliqua son problème et demanda à chacun de bien vouloir réfléchir avant de le faire écrire. On paierait non plus au parchemin, mais à la ligne : deux deniers par ligne.

Chacun rentra chez soi pour faire ses comptes. On avait presque oublié les loups.

Quel succès ! Garin avait vu tout le monde, semblait-il, sauf Jordane – normal, rien ne lui appartenait – et le curé.

Et sauf une autre personne, mais ça, il n'en savait encore rien.

Sur les landes désertes, par-delà les champs labourés, le vent soufflait toujours plus qu'ailleurs. Aujourd'hui, il était glacé. L'enfant se recroquevilla sur lui-même et cacha ses mains sous ses bras.

L'enfant n'avait pas huit ans. Il n'aimait pas garder les moutons, il avait peur, tout le temps peur, depuis que les loups rôdaient, mais il savait que de l'autre côté des grosses pierres (celles que les fées avaient un jour amenées dans leurs tabliers) son ami Blaise surveillait un autre troupeau. Si quelque chose se passait, – les parents les avaient bien prévenus – il fallait crier, hurler, et les autres bergers accourraient. Après le talus, sur la lande du bas, il y avait aussi des moutons, gardés par Georget. Le petit berger pensait à tout cela, en essayant de se réchauffer les mains.

Il n'entendit même pas un frôlement : le vent qui se déchirait dans les ajoncs lui emplissait la tête. Les loups savent vers où les odeurs et les bruits sont portés par le vent, ils savent de quel côté attaquer leur proie.

L'enfant ne vit rien. Il sentit trop tard la bête sur son dos, les griffes sur sa joue. Il poussa un hurlement de terreur, agita ses bras en tous sens. Sa voix suraiguë s'envola.

La bête en fut surprise. Elle eut une hésitation. ... Et deux bergers qui arrivaient en courant, agitant leur faux, poussant des cris menaçants... La bête lâcha sa proie et disparut sous la futaie.

La cloche de l'église sonna à tue-tête.

– Tiens ! s'exclama la veuve Guillou, il se passe quelque chose !

Et elle sortit aussitôt.

Sur la place de l'église se tenaient deux enfants en pleurs, deux petits bergers. L'un d'eux portait sur la joue des balafres sanglantes. Il hurlait qu'il avait mal, mal !

De partout, on se précipitait. L'enfant parlait pêle-mêle de moutons, de loup et de forêt. Il n'en fallait pas plus : toute explication était inutile, le mot « loup » suffisait. On n'hésita qu'un court instant, à cause de l'absence de l'homme fort du village – le maréchal-ferrant – parti livrer des clous à l'abbaye, on empoigna fourches et faucilles et, les dents serrées, en bloc décidé, on sortit du village d'un pas plein de fureur. Il fallait agir tout de suite, avant que la peur ne prenne le pas sur l'exaspération.

Du haut de la colline, la bête regarda les hommes s'éloigner vers la forêt. Elle eut un rictus mauvais, se redressa sur ses pattes de derrière pour les suivre des yeux, puis elle se laissa retomber sur le sol et se mit à creuser la terre.

Garin était demeuré seul avec les deux jeunes bergers, et la veuve Guillou qui s'entendait à soigner les plaies. Avec du temps et de la patience, ils réussirent à calmer les enfants et à se faire expliquer clairement l'aventure. Le blessé demeurait terrorisé. Il hoquetait :

– Il m'a sauté dessus... sauté dessus par-derrière et ma joue... et alors, je suis tombé...

Il était si affolé qu'il arrêtait toujours son récit à cet endroit, mais sans doute il ne se rappelait même pas avoir crié. Or, disait son compagnon, il avait hurlé si fort que le loup avait fini par le lâcher. Lui, il ne l'avait vu que de loin, mais c'était une bête très grosse, répétait-il, et la frayeur dans ses yeux le disait mieux que les mots.

Garin examina soigneusement les blessures.

– Mauvaises bêtes... grogna quelqu'un derrière lui.

Garin tourna la tête. Grand, maigre, le visage étroit, le nouveau curé du village ne respirait pas la joie de vivre. Il hochait la tête d'un air soucieux.

– Ils prennent de plus en plus d'assurance...

Garin ne répondit pas. Jamais il n'avait vu des griffures de loup de cette sorte. Jamais. Étant donné l'écartement des griffes, il était clair qu'il s'agissait vraiment d'un très gros loup, d'une bête gigantesque.

Le courage glissé au cœur des hommes par la colère ne fut que feu de paille. Ils rentrèrent au village bien avant la nuit, sans avoir débusqué un seul loup. En revanche, ils ramenaient la dépouille d'un louveteau, complètement déchiquetée : ils avaient trouvé la bête malade et seule, et s'étaient vengés sur elle des blessures de l'enfant et des terreurs qui les minaient.

Ils triomphaient trop bruyamment, pour cacher leur malaise, mais en tout cas ils avaient un projet, ils agiraient : avec un animal rusé, il fallait ruser. Ils avaient décidé, fermement décidé, qu'on mettrait le projet à exécution : il s'agissait de réserver un quartier du prochain mouton qui mourrait, de l'attacher à la queue d'un cheval (pour que la viande ne porte pas l'odeur de l'homme) et de le traîner sur le chemin, jusqu'à une clairière où on l'abandonnerait. On pourrait même peut-être faire plusieurs pistes qui mèneraient à cette clairière, et là on attendrait en embuscade que le loup arrive.

Oui... mais si le loup repérait le cheval avant que celui-ci ait fini de tracer sa piste, et lui sautait dessus ?

Personne n'avait envie de perdre son cheval, même pour attraper un loup ! Et puis, si par hasard toute une meute se présentait en même temps...

C'était trop dangereux. Ce qui était fermement décidé devint un peu flou, et le soir arriva sans qu'on ait arrêté une solution.

Les petits bergers, eux, ne voulaient plus aller aux pâturages, et on ne pouvait laisser les moutons seuls. Trois hommes devaient donc partir, en remplacement des enfants, or garder les moutons n'était tout de même pas un métier d'homme !

Et les femmes. Pourquoi n'iraient-elles pas ? Elles pourraient emporter leur quenouille, et filer la laine tout en surveillant les bêtes. Ça ferait moins de temps perdu !

Ah oui ? Et comment se défendraient-elles, je vous prie, si les loups attaquaient ? Il vaudrait peut-être mieux envoyer les moutons paître sur le sommet de la colline, où la végétation était rase, et où les loups n'oseraient pas s'aventurer en plein jour !... Mais il faudrait, pour ces terres, payer une nouvelle taxe au seigneur. Oh ! Quel guignon !

Le maréchal-ferrant observa avec attention la lisière de la forêt. On ne voyait rien, pourtant il sentait que les loups étaient là : une vieille morsure, à sa cuisse, se réveillait dès qu'ils approchaient. Il tira sur la corde et remonta le pont-levis.

Jordane regarda dehors. Trois loups guettaient à l'orée du bois. Elle referma silencieusement la porte. Ils avaient tourné la tête vers la maison, mais ils n'avaient pas bougé.

Pensive, elle se dirigea vers la cheminée pour décrocher la marmite qui pendait à la crémaillère. Ses derniers navets cuisaient là. Bientôt il ne resterait plus rien. Où était son père ?

– Asseyez-vous, dit-elle aux deux petites.

Elle les aida à prendre place sur le banc encore trop haut pour elles et leur fit joindre les mains.

– Bénissez ce repas, mon Dieu, et protégez-nous.

Les deux fillettes émirent de petits bruits qui tentaient d'imiter la musique de la prière. Jordane posa devant chacune un navet et un morceau de pain noir. Elle sentait dans son dos la chaleur du feu. Elle avait froid aux mains. C'était une bonne idée que d'avoir installé dans cette pièce le matelas où elles dormaient toutes trois : il y ferait meilleur.

Près du feu, les briques entassées depuis le matin étaient devenues brûlantes. Il était temps d'aller les installer dans le lit pour chauffer les draps. C'était un geste si agréable à faire… la chaleur avait toujours eu pour elle quelque chose de rassurant.

– Il faut vous coucher, maintenant.

Elle essayait de conserver de la gaieté dans la voix, mais depuis longtemps toute forme de joie l'avait quittée. Si elle n'avait que le matelas à déplacer, c'est qu'elle avait dû vendre le bois de lit le mois dernier, pour acheter cette petite réserve de navets.

Elle dressa l'oreille… Un drôle de hululement. Pas un oiseau de nuit.

Elle se glissa jusqu'à la fenêtre et entrouvrit le battant. Bien qu'il fasse très sombre, elle repéra immédiatement que les loups étaient maintenant plus nombreux à l'orée du bois. Elle savait que les hommes du village avaient tué un de leurs louveteaux… Le cœur serré, elle referma la fenêtre.

Que faire ?

Un autre hurlement, plus assuré. Elle cessa de respirer. Les loups menaçaient. L'homme s'était attaqué à eux… Pire, à un petit… Ils criaient vengeance.

Jordane se tordit nerveusement les mains. Vengeance… Un cri qui déchirait les entrailles, portant douloureusement mêlées, la révolte et la peur. Mais Jordane aujourd'hui appartenait au monde des hommes, et ce fut la peur qui prit le dessus. Ses mains se mirent à trembler.

Le troisième cri la précipita vers la porte de la remise.

Elle saisit la brouette et la ramena dans la pièce. Elle ne réfléchissait plus, elle en était incapable.

Sur la brouette, elle entassa un peu de linge, puis réveilla les petites qui dormaient déjà à poings fermés.

– Chchch... souffla-t-elle. Chchch... surtout ne faites pas de bruit. Vous me comprenez, hein ? Vous ne riez pas, vous ne pleurez pas, vous ne parlez pas.

Encore à moitié endormies, les deux fillettes ne réagirent en rien. Jordane leur glissa dans la bouche leur pouce encore humide et ouvrit la porte avec précaution.

Pas un bruit.

La brouette... Elle versa de l'huile sur le moyeu de la roue, la fit tourner doucement pour vérifier qu'elle ne grinçait plus, saisit les brancards et sortit dans le plus grand silence.

C'était lourd. Elle ne pouvait courir. Le cœur battant, elle suivit le chemin qui menait au village. Ses sabots s'enfon-

çaient dans la boue. Elle poussa la brouette sur le bord du chemin, plus sec. Là, elle pouvait avancer. Le gel commençait à durcir la terre. On n'entendait plus les loups, mais Jordane ne voyait qu'une chose : c'est que là-bas, on avait déjà refermé le pont-levis.

Elle arrêta sa brouette devant le fossé, dévala la contrescarpe et remonta de l'autre côté en courant. Les pieds en équilibre sur le haut de l'escarpe, elle tambourina à la porte :

– Ouvrez-moi ! Ouvrez-moi !

Un long moment passa, sans qu'on perçût autre chose que ses coups, répétés par intermittence. Elle ne voulait pas crier trop fort, de peur d'attirer les bêtes, là-bas.

Finalement quelqu'un dut mettre une échelle contre la palissade, à l'intérieur, car elle vit une tête dépasser.

– Qu'est-ce que tu veux ?

– Je voudrais entrer, me mettre à l'abri. Les loups sont là...

L'homme examina la nuit avec circonspection.

– Attends, dit-il.

Jordane patienta un moment, jetant de temps en temps un regard craintif vers le lointain. Une éternité s'écoula.

Enfin des pas, quelqu'un venait. Le pont-levis pourtant ne s'abaissa pas comme elle l'attendait de toutes ses forces. Une autre tête émergea là-haut : celle du maréchal-ferrant.

– Tu ne peux pas entrer, déclara-t-il.

– Mais...

– C'est le Conseil qui en a décidé ainsi.

– Vous allez me laisser là, avec mes deux petites sœurs ?

Elle tourna un visage affolé vers la campagne. On aurait dit que les loups avaient quitté le bois, qu'ils s'étaient avancés sur la prairie.

– Je vous en prie, dit-elle, laissez-moi au moins mettre les petites à l'abri.

– Tu ne crains rien, les loups ne s'attaquent pas à l'homme, c'est ce que tu prétends, non ?

– On ne peut plus être sûr, car s'ils se sentent menacés...

– Ils se sentent menacés ?

– Vous avez fait une battue dans la forêt, tué un de leurs petits, comment ne se sentiraient-ils pas menacés ?

– Toi, tu ne crains rien, grogna l'homme. Va-t'en. Si tu entres ici, qui peut dire ce qui se passera ? Ça pourrait les attirer. Et s'ils veulent à tout prix pénétrer dans le village, rien ne les en empêchera.

Sur ces mots, l'homme disparut et on entendit son pas s'éloigner.

– Ouvrez ! Je vous en prie ! hurla Jordane, les larmes aux yeux, en frappant la porte d'un poing désespéré. Ouvrez ! Je vous en supplie !

Jordane avait laissé retomber sa main. Elle descendit le fossé, remonta lourdement de l'autre côté. Les petites pleuraient sans bruit, c'est peut-être ce qui l'affecta le plus.

Elle respira profondément, souleva les brancards de la brouette et rebroussa chemin. À travers ses larmes, elle vit que les ombres s'étaient avancées. Les loups avaient envahi la prairie, comme s'ils voulaient en prendre possession. Elle allait droit vers eux.

Elle serrait les dents. Réfléchir, elle en était incapable. Elle sentait seulement qu'elle ne devait pas faire de geste brusque, pas dévier de son chemin, ni accélérer ni s'arrêter.

Les deux loups les plus proches se relevèrent d'un

même mouvement sur son passage. Ne pas y penser. Elle ne les regardait pas. Elle regardait droit devant elle, la maison, la porte. La brouette lui tirait sur les bras, les petites avaient cessé de pleurer. Trois, quatre, dix loups... Pas un ne fit un mouvement vers elle. Il y en avait jusqu'à côté de l'étable. Son cœur résonnait dans ses oreilles.

Elle était devant la porte, elle sentait la clé dans sa poche. Pour ouvrir, il fallait changer d'attitude, poser la brouette ; ne pas y penser, puisqu'on ne pouvait rien faire d'autre.

Assis près de la fenêtre, un loup la fixait, immobile. Quand elle entra, il ne bougea pas.

Elle referma la porte derrière elle et s'appuya dessus, à bout de forces. Peu à peu, la peur la quittait, et à mesure qu'elle s'éloignait, le dégoût l'envahissait, la submergeait. Mauvais... Mauvais... Ils étaient pires que les loups, bien pires, et ils ne le voyaient même pas !

Dehors, le loup contempla un moment la porte refermée, puis il pencha la tête et se lécha longuement la patte.

# 6

## SAUVAGE!

Garin se leva aux aurores, peut-être parce qu'il pressentait une lourde journée, surtout parce que les lits de la veuve Guillou chez qui il avait momentanément pris pension étaient encore moins confortables que celui d'une rivière à sec. En bref, il avait affreusement mal dormi.

Il venait d'étaler son parchemin devant lui et commençait à se tailler une plume, lorsque son premier client se présenta : le maréchal-ferrant en personne, qui lui rendait visite avant de prendre son travail.

– J'ai tout dans la tête, annonça d'emblée celui-ci, il ne reste qu'à écrire. Je lègue mes pinces à...

– Attendez ! interrompit Garin, ma plume n'est pas prête et ma corne à encre est encore dans mon écritoire ! Vous ne m'avez pas l'air en si mauvaise santé : comptez-vous trépasser d'un instant à l'autre ?

L'homme lança à Garin un regard furieux et se signa rapidement trois fois.

– On ne plaisante pas avec ces choses-là ! gronda-t-il.

Garin n'insista pas. « Ne mets personne en colère quand ta bourse est vide et ton estomac avide »... vieux proverbe turc traduit de l'écossais par saint Garin.

– Vous avez donc passé toute la nuit à y penser ? s'enquit-il avec un semblant d'intérêt.

– Oh non ! dit le maréchal-ferrant. Je n'ai pas pensé qu'à ça !

Il se tut et contempla fixement le parchemin.

Dans sa maudite vie, il en avait vu de toutes sortes, et les loups, il avait déjà eu affaire à eux. Il faut dire qu'il n'avait pas toujours vécu ici, mais son ancienne vie était si loin que personne n'y pensait plus. Il était arrivé au village à dix-huit ans : on avait besoin d'un maréchal-ferrant, il s'était installé.

Jamais il n'avait parlé de son passé. Trop de choses horribles. Il avait été bourreau d'un seigneur terrifiant dont il ne voulait même plus se rappeler le nom. Parfois, encore aujourd'hui, il se réveillait la nuit en sueur, et la dent de loup qu'il portait autour du cou pour conjurer ses frayeurs n'arrivait pas à en venir à bout.

Il avait maintenant dans les quarante ans. Il avait connu les geôles puantes du roi de France pour n'avoir pas su faire la part entre son métier d'un côté, et sa vie de l'autre : il avait tué froidement un homme qui l'insultait et avait ensuite transporté son corps dans la forêt, pour qu'il soit dévoré...

... C'est là – il en était encore terrifié – qu'il avait été pris en chasse par une meute, sept à huit loups, pour la raison qu'il s'était malencontreusement approché d'un lit de feuilles où une mère venait de mettre au monde ses petits. On était en avril.

Heureusement, il avait emporté une torche, mais elle avait fini par s'éteindre. Toute la nuit, il avait saboté * sur une pierre plate pour les tenir à distance, mais au petit

* Claquer bruyamment des sabots.

jour, exténué, il était tombé. Il en gardait d'affreuses blessures et une terreur profonde des loups. Maudites bêtes ! Maudites bêtes !... Par une chance inespérée – qu'en d'autres temps il aurait appelée malchance – les soldats l'avaient sauvé de leurs dents avant qu'il ne soit trop tard... et emprisonné.

... Elle, avec ses petites sœurs dans la brouette, elle avait eu à passer au milieu des loups. Cette simple image lui hérissait les poils sur les bras.

– J'ai aussi pensé à la fille, dit-il d'un ton hésitant. Cela m'ennuierait qu'il lui soit arrivé quelque chose.

– Quelle fille ? demanda Garin avec une soudaine inquiétude.

– Jordane Prigent, elle est venue ici hier au soir et...

En deux mots, le maréchal-ferrant fit le récit de ce qui s'était passé la veille. Garin ouvrit de grands yeux : village de sauvages !

– Ce ne sont pas mes affaires, déclara-t-il en essayant de ne pas élever la voix, mais vous devriez aller y voir.

– J'ai regardé ce matin, en abaissant le pont-levis : il n'y a point de cadavre sur la prairie.

Pris sans doute d'un remords, l'homme se redressa.

– Je vais aller jusque là-bas avec le curé, décida-t-il d'un ton troublé.

Le maréchal-ferrant frappa à la porte, sa main pleine d'appréhension.

– Jordane ! Jordane !

La porte s'ouvrit.

– Ah ! Tu es vivante...

Un court instant, il avait été soulagé, puis son visage se durcit peu à peu. Vivante... Cela voulait dire que les loups l'avaient laissée passer sans difficulté. Il était donc vrai qu'elle avait commerce avec eux. Le maréchal-ferrant lança au curé qui se tenait derrière lui un regard significatif, avant de commencer à reculer lentement.

Jordane demeura interloquée. Elle n'avait pas refermé la porte : elle regardait les deux hommes s'éloigner sans un mot. Ils étaient venus voir si elle n'avait pas été dévorée par les loups, c'est tout. Elle se sentit glacée. L'expression de leurs yeux, quand ils avaient fait demi-tour...

Jordane enfouit son visage dans ses mains. Cette brûlure dans son cœur... Elle inspirait à ces hommes de la peur. De la peur ! Elle voulait se répéter ce qui l'avait tenue éveillée toute la nuit : qu'ils étaient ignobles et lâches, et criminels, mais voilà que le doute venait de s'insinuer dans son cœur.

C'était cela, cette brûlure : et si vraiment elle attirait les loups ? Si elle était restée à moitié loup ?

– Voyez, souffla le maréchal-ferrant au curé.

Et comme celui-ci ne répondait pas, il ajouta :

– Croyez-vous qu'elle s'adonne à la sorcellerie ?

– Allons, grommela le curé, il ne faut pas accuser à tort et à travers. Pour l'instant, elle n'est coupable de rien, que d'avoir survécu.

– Avec ses sœurs ! nota tout de même l'autre. Or la chair des jeunes enfants, les loups y résistent difficilement.

Le curé répondit par un geste agacé. Des complications, il n'en voulait pas, surtout des situations où on lui demanderait, à lui, de se prononcer. Et s'il y avait sorcellerie... non, il préférait ne pas y penser.

Tout le village sut bientôt la nouvelle. On ne prononça pas le mot de sorcellerie mais seulement de protégée des loups, qui se transforma bientôt en meneuse de loups.

Une meneuse de loups ? Non, personne n'y croyait vraiment. Une meneuse pouvait conduire les maudites bêtes où bon lui semblait, pouvait guérir leurs morsures. Or, Jordane ne faisait rien de tout cela, c'était plus insidieux. Les loups ne lui obéissaient pas, elle l'avait dit elle-même, le cas était donc plus grave : les loups étaient là parce qu'ils reconnaissaient en elle une de leurs.

Garin n'avait passé que très peu de temps avec Jordane, beaucoup moins, finalement, qu'avec la veuve Guillou, et pourtant il se rendait compte que, depuis le début, il avait pris parti pour elle. Il ne savait rien d'elle, il fallait bien se l'avouer, et les gens d'apparence la plus innocente peuvent parfois se révéler de dangereux criminels. Agacé, Garin demeura distrait toute la matinée, écrivant des mots au lieu d'autres, grattant et raturant son parchemin. A l'heure du déjeuner, il n'y tint plus. Sitôt son plat de lentilles au lard avalé, il passa le pont-levis pour se rendre chez la fille.

Et puis, chemin faisant, l'idée l'effleura de nouveau qu'il n'y avait pas de fumée sans feu, et qu'il était peut-être en train de se jeter dans la gueule du loup (au sens propre... et inconsidéré).

Ah ah ! Garin Trousseboeuf, on est plus impressionnable qu'on ne le croit ! Impressionnable ? Sûrement pas. Ne voulait-il pas se faire juste un peu peur, de manière à se trouver plus courageux ?

Allons ! Il n'y avait nul besoin de sorcellerie pour attirer les loups près des villages à l'arrivée de l'hiver ! Sans hésitation aucune, il frappa à la porte de la maison solitaire.

Il n'y avait personne. Tant de courage et d'abnégation pour rien ! Pfff...

Une fillette à chaque main, Jordane remontait la rivière. Elle avait longtemps réfléchi, c'était le mieux à faire. Bien sûr, elle avait toujours eu un peu peur de son oncle, qui ne lui paraissait qu'un vieil égoïste, mais il était sa seule famille, le frère aîné de son père.

Elle s'arrêta subitement. Elle venait d'entendre une sorte de sifflement, ou seulement un imperceptible déplacement d'air. Elle se jeta à terre.

Elle reprit conscience sitôt qu'elle sentit les cheveux de ses sœurs sur son visage. Elle était couchée sur elles, les protégeant de tout son corps, de ses bras écartés. L'ombre d'un grand oiseau venait de passer. Les petites se mirent à pleurer. Qu'avait-elle fait ? Devenait-elle folle ?

Prestement, elle remit les petites debout et frotta leur manteau sali d'un revers de main. Son esprit était confus. Pourquoi avait-elle senti soudain une frayeur incontrôlable la saisir... Elle regarda autour d'elle d'un air méfiant. Il n'y avait personne, que le grand rapace, là-bas, qui s'éloignait. Oppressée, elle fixa un moment la majestueuse silhouette.

Un peu trop brusquement, elle reprit la main de ses petites sœurs. Ne pas y penser. Ne pas y penser. Au fond d'elle, elle savait : elle venait d'agir comme une louve dont les petits risquent d'être emportés par le grand oiseau au bec crochu.

– Mon oncle !

L'énorme roue du moulin brassait l'eau de la rivière. A l'intérieur, à cause du vacarme des engrenages, on ne devait rien entendre.

Jordane passa la digue qui enjambait la cascade juste au-dessus du moulin. Son oncle était là, au bord de l'eau, lui tournant le dos : il coupait de l'osier, pour ses paniers sans doute.

Jordane tenta de raffermir sa voix, encore tout angoissée de ce qui venait de se passer :

– C'est moi, oncle Macé.

– Ah ! Jordane ! Comment allez-vous, les petites ?

Il paraissait de bonne humeur, ce qui était tout à fait rare, si bien que Jordane reprit confiance :

– Mon oncle, je viens vous demander votre conseil, et votre protection.

– Mon conseil pour quoi, fillette ?

– C'est... c'est pour les loups, mon oncle. Ils s'assemblent devant chez moi et, au village, on dit... enfin ils croient... Que dois-je faire, mon oncle ?

– Fais comme tu le sens, dit le meunier. Que pourrais-je te conseiller d'autre, tu les connais mieux que moi, et s'ils ne t'attaquent pas, de quoi te plaindrais-tu ?

Jordane baissa la tête.

– Et… ici… Ne pourriez-vous nous permettre de loger au moulin ?

L'oncle coupa quelques branches d'osier sans répondre. Enfin, il désigna la grosse bâtisse à roue.

– Pas de place, dit-il. Et puis, je suis un vieux célibataire, tu le sais. Ce n'est pas mauvaise volonté : c'est que je n'ai jamais eu d'enfant et je ne sais si… Toi, ça irait, mais tes petites sœurs…

– Elles sont très sages, assura rapidement Jordane, et de la place, nous n'en prendrons pas beaucoup.

– Vous ne supporteriez pas le bruit permanent des engrenages. Même moi, ça m'a rendu à moitié sourd.

– Nous supporterons, affirma Jordane d'une voix oppressée.

– Quoi ? Parle plus fort !

… C'était fini. Quand l'oncle voulait qu'on parle plus fort, c'est qu'il ne voulait plus rien entendre.

– Je vous en prie, mon oncle…

– Tu as raison, dit le meunier en souriant un peu trop, les loups ne te feront rien. Et si tu quittes ta maison, elle pourrait bien être pillée.

Jordane laissa tomber ses épaules.

– Merci de votre conseil, mon oncle, dit-elle.

Et reprenant ses petites sœurs par la main, elle rebroussa chemin.

Garin la vit venir de loin et, bêtement, se sentit de nouveau saisir par le doute.

– Ah ! c'est vous ! souffla-t-elle d'une voix brisée. Avez-vous trouvé du travail ?

– J'en ai trouvé, et un toit aussi. J'ai su, pour hier soir. Si j'avais été prévenu…

Mais qu'aurait-il fait ?

– C'est la peur, dit Jordane comme pour excuser les villageois. Moi, je ne sais plus que décider. Mon oncle prétend que le mieux, c'est que je reste ici, mais...

– Qui est votre oncle ?

– Le meunier.

Tiens ! celui-là n'était pas venu dicter son testament...

– Croyez-vous qu'il vous ait donné le meilleur conseil ? Ne peut-il pas vous prendre chez lui ?

Jordane secoua la tête.

– Il a sans doute raison, remarqua-t-elle d'une voix neutre, les loups ne m'ont pas touchée jusqu'à présent, et je suis la gardienne de cette maison.

Elle n'en montra rien, mais voilà qu'elle pensait qu'il valait peut-être mieux ne pas s'approcher des autres...

Sa huche était vide. Il n'y avait plus de pain, mais tant pis : elle le cuirait dans son propre four, même si le seigneur l'interdisait. Elle ne retournerait pas au four du seigneur, elle ne voulait plus avoir à attendre son tour au milieu de toutes les femmes du village, qui la regardaient de travers et veillaient ostensiblement à ne pas la frôler. Autrefois, pourtant, elle aimait cela : c'était dans les queues du four et du moulin qu'on échangeait les nouvelles. Les nouvelles...

Elle regarda le garçon s'en aller vers la rivière et serra ses bras autour de son corps. Elle ne devait pas s'apitoyer sur elle-même, elle avait ses petites sœurs à élever. Dès qu'elle les aurait mises au lit pour la sieste, elle irait cueillir des prunelles et récolter un peu de gomme de cerisier, puis elle ferait de la gelée.

Ce garçon, qui s'appelait Garin, elle le connaissait à peine, et c'était comme s'il avait toujours été là. Vu de dos, il lui parut moins maigre que lorsqu'elle l'avait aperçu pour la première fois, et il émanait de lui une certaine force, qu'elle ne possédait malheureusement pas. Elle ne put s'empêcher de penser que c'était une chance, qu'il soit venu frapper à sa porte. Elle le suivit un moment des yeux. Il ne lui avait pas dit où il allait, mais elle avait bien l'impression qu'il se dirigeait vers le moulin.

# 7

## LE MEUNIER

Ce n'était pas qu'il fût vraiment curieux, mais Garin n'avait jamais eu d'affection pour les taches d'ombre dans son univers. Comment... C'est cela qu'on appelle curiosité ?

La curiosité est une très bonne chose, elle permet de comprendre ; et il n'était pas du tout normal qu'un meunier – donc quelqu'un qui possède des biens – ne soit pas venu lui faire ses confidences.

Garin avait horreur du bruit de la meule, ça lui faisait grincer les dents et lui donnait la chair de poule. Étrange, non ? Meunier était le métier qu'il aurait détesté le plus : il serait peut-être resté avec la chair de poule toute sa vie, et des plumes lui auraient poussé à la place des poils. Des plumes dressées à la place des poils dressés... Il aurait eu du mal à enfiler sa chemise, ça l'aurait ralenti dans le vent, par contre ça aurait pu servir à lustrer ses bottes en cuir (s'il avait eu les moyens de s'en acheter). Bon.

– Oh ! cria Garin les mains en porte-voix, meunier !

L'homme passa sa tête blanchâtre par la fenêtre ouverte, qui d'ailleurs ne possédait aucun battant qui puisse la clore :

– Que voulez-vous ?

Comme il ne pouvait entendre grand-chose de là où il se trouvait, il fit signe qu'il descendait, et s'encadra bientôt dans la porte.

– Je suis scribe, annonça Garin, et je me suis installé au village pour quelques jours. Je peux écrire tout ce que vous dicterez, vos comptes de meunerie, par exemple, ou votre testament.

– Ça ne m'intéresse pas. Mes comptes, c'est mon affaire ; quant à mon testament, je m'en moque bien.

Garin considéra un moment le visage du bonhomme. Il lui parut risible, mais peut-être seulement parce que toutes ses rides étaient marquées de blanc, et que cela lui faisait une tête de personnage de théâtre… un personnage tragique, à la réflexion.

– Pas d'héritier ? interrogea-t-il avec candeur.

Le meunier ôta son bonnet et se gratta le front, qui parut rose à côté de la pâleur farineuse du visage.

– Je n'ai que trois nièces, précisa-t-il d'un ton moins acerbe. Elles se partageront mes biens, ou ce qui en restera.

Il dut lire sur le visage de Garin que celui-ci connaissait ses nièces, car il ajouta :

– Évidemment, Jordane voudrait bien habiter ici, elle a peur toute seule, mais moi, je ne peux l'accueillir : ce moulin est une misère, il donne à peine de quoi vivre et il est inutile qu'elle le sache.

Ah ! Garin fut intéressé : il était bien rare qu'un meunier fût dans le besoin.

– Vous savez bien que le moulin n'appartient pas au meunier, reprit celui-ci d'un ton sentencieux, mais au seigneur, et tous les bénéfices lui vont.

Tous ! Quelle blague ! Pourquoi la fonction de meunier aurait-elle alors été si convoitée ?

Sans remarquer le sourire narquois qui avait furtivement éclairé le visage de Garin, le meunier poursuivit :

– Les frais sont innombrables. Il faut sans cesse entretenir la digue, réparer les canalisations de bois, remplacer les vannes. Si les eaux montent, elles engorgent tout et c'est la catastrophe, s'il gèle c'est pire encore. Sans parler des engrenages – vous n'imaginez pas la complication – et les meules… il me faudrait des meules d'un seul bloc, mais le seigneur dit que c'est trop cher. … Ah non ! c'est un sale métier !

Il s'arrêta pour regarder le ciel. Les nuages gris s'amoncelaient, des nuages minces, fragiles. Il semblait qu'un souffle pouvait les déchirer, et pourtant rien ne les arrêtait. Ils s'étiraient insidieusement de l'horizon à l'horizon.

– Moi, reprit le meunier sans commenter l'état du ciel, je voudrais un moulin à vent, c'est beaucoup moins d'entretien, mais le seigneur ne veut pas en entendre parler. Faut dire… il n'a aucun intérêt dans un moulin à vent, car si l'eau est au seigneur, le vent, lui, n'appartient à personne.

– Donc, interrompit Garin qui voyait grandes ouvertes les vannes… du gémissement, vous ne garderez pas vos nièces avec vous, vous pensez qu'elles ne craignent rien.

– Bien sûr que non ! s'exclama le meunier. Les loups s'attaquent aux chevaux, aux chiens, aux moutons, et s'ils en ont leur content, ils ne s'occupent pas des hommes.

Curieusement curieux ! remarqua Garin : les discours sur les loups ne tiennent compte que de l'intérêt présent de celui qui les prononce. Bien sûr le meunier n'avait peut-être pas entièrement tort, toutefois était-il raisonnable de tenter le diable poilu ? Sans vouloir vous dévorer tout cru, un loup était fort capable de vous égorger pour venger son petit !

– Savez-vous, demanda-t-il, qu'un berger a été attaqué ?
– Ça, je n'y crois pas, dit le meunier.
– Comment, vous n'y croyez pas ?
– J'ai vu les blessures. Ce n'est pas un loup qui a fait ça.
Garin en resta pantois. Cette pensée l'avait déjà effleuré.
– Vous avez une idée là-dessus ?
– Moi, je ne sais rien. Ce n'est pas un vrai loup, un loup ordinaire, c'est seulement une sorte de loup.
Que voulait-il dire par là ? Une bête beaucoup plus grande ?
– Dans ce cas, croyez-vous prudent de laisser trois fillettes seules en dehors des murs du village ?
Le meunier eut une expression étrange.
– Je ne m'inquiète pas pour elles, dit-il avec le rictus de celui qui en sait plus long qu'il ne veut le dire. Vous les connaissez ?
– Un peu.
– Voyez... mes nièces je les aime bien... mais méfiez-vous tout de même.

Cette dernière phrase troubla désagréablement Garin. Il aurait voulu y répondre, sans trouver comment. Non que sa langue fût rouillée, mais parce qu'il se sentait soudain envahi par des sentiments contradictoires. Il se répéta lentement les derniers mots… et n'y perçut finalement plus que la solitude de Jordane.

Il ne réfléchit pas davantage. Avant d'arriver à la maison des trois filles, il avait pris sa décision. Il frappa.

– Jordane !

A peine eût-il appelé, prononcé ce prénom, qu'il retira sa main comme s'il s'était brûlé. Le meunier, qui les connaissait bien puisqu'elles étaient ses nièces, avait dit….

La porte s'ouvrit, balayant d'un grand coup de vent ses angoisses. La tête enveloppée d'un foulard et le corps protégé par un devantier* de solide toile, Jordane s'apprêtait à sortir. Elle avait pleuré.

Elle sembla soulagée en le voyant :

– Ah ! c'est vous !

– Auriez-vous de la place pour m'héberger quelques jours ? Je paierai mon écot, naturellement.

– Vous héberger ? Eh bien… pourquoi pas ?

Il y avait tellement de soulagement dans sa voix que Garin se sentit envahir par une certaine fierté. Le chevalier sans peur… C'était un rôle pas si désagréable !

– Alors c'est dit, conclut-il. Je vais au village pour continuer mon travail, mais je serai là ce soir.

Le ciel était presque noir quand Garin quitta la maison de la veuve Guillou. Il faisait un froid vif, avec un petit vent aigre qui venait de l'est.

---

* Tablier.

Le tablier de bois résonna sous ses pas. Instinctivement, il jeta un regard du côté du bois, mais tout était calme. Les villages vivent le jour, les forêts la nuit.

Son attention fut tout de suite attirée par une nouvelle construction qui n'était pas là le matin même. C'était en planches solidement assemblées, c'était circulaire. Il s'approcha.

Il s'agissait en réalité d'une sorte d'enclos rond, avec une porte, et au centre duquel on avait construit un deuxième enclos, de même forme. Rien de plus.

Garin reprit son chemin. Il était content d'apporter ce soir, à la maison solitaire, le morceau de lard avec lequel on lui avait payé quelques lignes de gobelets d'étain, de socs de charrue et de cognées.

– J'ai vu quelque chose de curieux, à l'entrée du village, informa-t-il en laissant tomber le lard dans la soupe de légumes qui cuisait.

– Vous voulez dire le piège ?

– Ah !... peut-être que c'est ça, oui... Il y a deux enclos, l'un dans l'autre.

– Dans le petit, ils mettront une chèvre.

– Ah bon ! Et comment est-ce que ça fonctionne ?

– C'est simple : l'espace entre les deux enclos est étroit. Le loup entre par la porte de l'enclos extérieur et tourne autour de l'autre en reniflant la chèvre. Quand il a fait le tour, forcément il se cogne à la porte ouverte. Il la pousse, et ça la referme. Il se retrouve prisonnier.

– Ahi ! Intéressant ! s'exclama Garin en se précipitant sur son écritoire.

Il sortit la tablette qui était rangée dans le couvercle, en lissa soigneusement la cire d'un revers de main, et commença le dessin du piège.

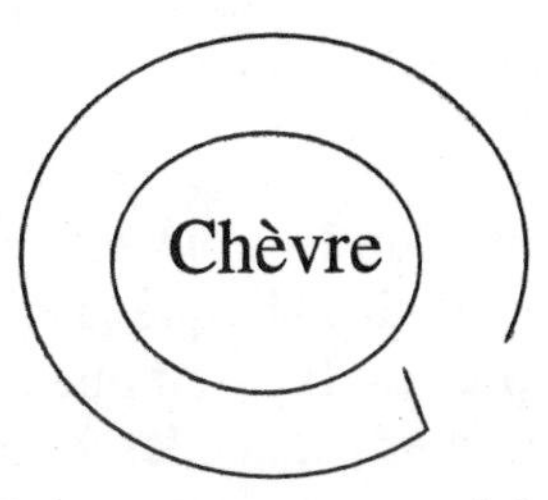


Puis il contempla son œuvre avec satisfaction.

– Votre journée s'était-elle bien passée ? demanda Jordane.

– Oui. Pas vraiment passionnant. On a vite fait le tour de toutes les histoires du village, les amitiés et les rancœurs ; surtout les rancœurs. Rien d'angélique dans la tête des gens. Bien sûr, je suis tenu au secret…

– Vous n'avez rien besoin de raconter, dit Jordane, il suffit de lire dans leurs yeux. Plus sauvages que les loups.

– A propos de loups, j'ai vu votre oncle. Il ne m'a pas paru irrésistiblement aimable. Enfin… il pense que vous n'avez rien à craindre de la meute.

– Il croit ce qui l'arrange.

– Depuis que je suis ici, on dirait que tout le monde s'est donné le mot pour se contredire sans arrêt : les loups attaquent l'homme, les loups n'attaquent pas l'homme. Vous, qu'en pensez-vous ?

Jordane haussa les épaules, comme pour signifier qu'elle n'en savait rien.

– D'après mon père, dit-elle enfin, c'est selon les temps. Par exemple, pendant les temps de guerre, les soldats se nourrissent sur le pays et tuent beaucoup de gibier. Il ne reste alors rien aux loups, et ils prennent l'habitude de suivre les armées.

– Pour manger les restes ?

– … Pour manger les cadavres sur les champs de bataille.

– Ahi !

– Et puis une fois qu'ils sont habitués à la chair humaine...

– Ils y prennent goût. Ils trouvent évidemment que ça ne vaut pas le chevreuil, mais que ça cale l'estomac...

– C'est à peu près ça. Il paraît que c'est toujours pendant ou après les guerres, que les loups s'attaquent aux humains.

– Euh... Il n'y a pas eu de bataille, par ici, ces temps derniers ? s'enquit Garin d'un ton faussement désinvolte.

– Je l'ignore, avoua Jordane. Nous vivons loin de tout. Des rumeurs de combats entre Bretons, Français et Anglais, nous parviennent parfois par les colporteurs, mais personne n'a jamais su nous expliquer pourquoi ces gens se battent.

Garin le savait, lui : ces gens se battaient entre eux pour mettre à la tête du duché de Bretagne leur prétendant. Les uns tenaient pour Jean de Monfort, les autres pour Jeanne de Penthièvre. Il le savait parce qu'il avait été mêlé de fort près à cette affaire*. Il jugea un peu compliqué de l'expliquer, d'autant que Jordane ne semblait pas vraiment s'y intéresser. Elle poursuivait son idée :

– Ce que je ne comprends pas, reprit-elle, c'est que les loups aient tué un chien. Voyez-vous, cela n'arrive d'habitude qu'à la saison où les louves mettent bas : elles ont peur pour leurs petits et ne laissent aucun chien approcher. Mais en novembre...

– Ils ont aussi attaqué un petit berger.

Il hésita à évoquer ses doutes à ce sujet. Jordane avait-elle entendu sa dernière phrase ? Les yeux dans le vague, elle semblait réfléchir.

---

* Voir *L'Inconnu du donjon*, paru dans la collection Folio junior.

– Mettons-nous à table, dit-elle sur un autre ton. L'odeur de votre lard m'a ouvert l'appétit.

Elle se sentait mieux, beaucoup mieux depuis que Garin était là. Elle dit rapidement :

– Je voudrais vous remercier d'être venu habiter ici.

– Crédiou, c'est moi qui vous suis reconnaissant de m'héberger ! J'étouffais au village, et les lits de la veuve Guillou sont rembourrés de noyaux de pêches. Et puis quand elle rit, elle me fait penser à un âne. Avec en plus le maréchal-ferrant qui descend de l'ours, le curé qui tient du corbeau, sans compter quelques vieilles chouettes, un ou deux vilains chameaux, de sacrées vaches, des moutons bêlants, j'ai finalement préféré habiter chez les humains.

Garin se découpa une tranche de lard. Il n'était pas aussi rassuré qu'il voulait le paraître. Affecter une attitude calme vous aide à croire que vous êtes calme... vieux proverbe bourguignon, traduit de l'hébreu par saint Garin.

Emporté par son élan, il se mit à couper aussi des tranches pour les petites. Bon. Il n'était pas mal, ici, et pour la première fois depuis longtemps, il se sentait utile.

... Et s'il se mettait en danger ?

Bah ! Il mordit dans le lard. Tout de même, qu'avait voulu dire le meunier par « une sorte de loup » ?

# 8

## Une visite très bizarre

Au matin, la neige commença à tomber. Les flocons volaient de tous les côtés, sans vouloir se poser nulle part.

Un homme sortit des bois en courant. Il se dirigeait vers le village. Garin le suivit des yeux :

– Qu'est-ce qu'il a, celui-là ?

– Je le connais, dit Jordane, c'est un des bûcherons qui coupent le bois pour le seigneur.

Depuis la fenêtre ouverte, ils examinèrent l'orée de la forêt, mais personne ne semblait vouloir poursuivre l'homme : il était simplement pressé.

– Le seigneur, expliqua Jordane, va vendre une partie de la forêt pour faire des bois de charpente. C'est pour une église. Ils envoient le bois à Auray.

Le bûcheron n'était effectivement pas poursuivi.

– Ça y est ! cria-t-il en entrant dans le village, j'ai repéré une tanière de loup. Il y a une mère et cinq jeunes.

Ces quelques mots déclenchèrent un branle-bas de combat. On s'habilla de peaux épaisses pour se protéger des morsures, et on s'arma de bâtons, de piques, de faux acérées et de lames tranchantes. On les aurait, ces sales bêtes !

Aussi, comme Garin arrivait au village, il en vit sortir la foule de ses clients potentiels qui, suivant le bûcheron, se dirigeaient droit vers la forêt.

Près du pont-levis, il croisa le curé :

– Que se passe-t-il ?

– Ils partent pour une battue : on a trouvé une mère et cinq petits. Pas de mâle pour l'instant, il faut en profiter. J'ai béni les chasseurs... fasse le ciel qu'ils reviennent tous vivants !

Garin jeta un regard soucieux vers la maison solitaire. Debout sur le pas de la porte, Jordane ne quittait pas des yeux l'orée du bois.

– Alors, mon fils, reprit le curé sur un ton plus détendu, votre travail avance-t-il ?

– Ça va, dit Garin

– C'est un métier bien utile... Cela fait-il longtemps que vous êtes scribe ?

– Mon père l'était déjà, lança Garin prêt à s'inventer une vie nouvelle (tiens ! il n'avait jamais pensé à celle-là !). Ma mère est morte à ma naissance, et quand j'avais deux ans, mon père m'a emmené. J'ai parcouru le monde avec lui, d'abord sur ses épaules et ensuite à pied. Il m'a appris à lire, à écrire, à choisir le parchemin – le veau ou la chèvre, ce n'est pas pareil, vous savez, on n'y écrit pas les mêmes choses.

– Et ici, qu'avez-vous choisi ?

– L'âne, répliqua Garin aussi sec.

C'était faux, bien sûr, il détestait écrire sur de la peau d'âne, et pourtant... ce village n'aurait pas mérité mieux.

– Vous savez, reprit le curé d'un ton hésitant, que vous logez chez une personne...

– Une personne ... ? interrogea Garin d'un air niais.

– Une personne, enfin...

– Accueillante.

Visiblement gêné, le curé finit par renoncer à sa phrase.

– Est-ce que vous savez si je pourrais trouver des plumes, ici ? demanda Garin.

– Nous n'avons point d'oies.

– Ahi ! ... J'avais cru en voir, pourtant, et beaucoup, qui couraient sur leurs deux jambes.

Le curé ne comprit-il ni l'ironie ni le sous-entendu ?

– Vous avez dû vous tromper, dit-il simplement.

– J'ai sans doute confondu avec une dinde ou une bécasse, lança perfidement Garin en s'éloignant.

Seules les femmes étant restées au village, Garin se crut sans travail. Il faisait erreur.

Une petite vieille frappa à la porte de la veuve Guillou, une petite vieille que Garin n'avait jamais vue au village.

– C'est pour le scribe, dit-elle d'un ton sec à la veuve qui venait lui ouvrir.

La veuve se tendit, se redressa de toute sa hauteur, mais sans répondre un mot.

– Entrez ! cria Garin surpris de son attitude.

La veuve Guillou s'effaça, visiblement à contrecœur, et demeura immobile, raide comme un poireau mal cuit, près de la porte.

– Voulez-vous écrire votre testament ? demanda Garin.

– Non, non. Pas besoin. Chez nous, on s'en tient à la coutume : le juveigneur héritera.

Allons bon ! qu'est-ce que cette maudite coutume, qui enlevait le travail aux scribes ?

– Le juveigneur ? fit Garin d'un ton interrogatif.

– Oui. Ici, c'est le dernier des fils qui hérite de la maison. Moi, ce sera la dernière des filles, puisque je n'ai que des filles. En échange, c'est elle qui s'occupera de moi quand je ne serai plus bonne à rien.

Le ton de la vieille n'avait plus rien à voir avec celui de son entrée, et Garin en conclut avec expérience qu'elle était simplement fâchée avec la veuve Guillou.

– Je ne viens pas pour le testament, reprit-elle, mais pour...

Elle s'arrêta brusquement de parler, attendit un instant puis, tout en évitant ostensiblement de tourner la tête, elle désigna d'un mouvement des yeux la propriétaire de la maison.

Garin avait compris.

– Oh ! crédiou ! s'exclama-t-il d'un ton préoccupé, ma plume est horrible, elle a besoin d'être retaillée d'urgence et, en plus, mon couteau ne coupe plus rien ! ... Seriez-vous assez gentille, dame Guillou, pour aller me l'affûter à la meule de la forge ?

Il l'avait appelée « dame », elle n'osa pas faire mauvaise figure.

– Vous n'avez pas besoin de moi comme témoin ? demanda-t-elle tout de même d'un ton un peu guindé.

– Si je vois que j'ai besoin de vous, nous attendrons votre retour, négocia prudemment Garin.

Elle sortit, tenant le petit couteau comme s'il devait se planter dans son cœur au moindre faux mouvement.

Alors la vieille se pencha sur Garin :

– Je veux écrire pour s'il m'arrive quelque chose, comprends-tu ?

Non, Garin ne comprenait pas : ce qu'on écrit pour « s'il arrive quelque chose », c'est un testament, non ?

– J'ai entendu dire, poursuivit la femme, que la petite Jordane a des difficultés avec le village.

Garin eut un vague hochement de tête : encore un oiseau de malheur !

Il était tellement persuadé qu'on allait l'abreuver de ragots et de conseils de méfiance, qu'il ne comprit pas tout de suite ce qu'on attendait réellement qu'il écrive.

– Pouvez-vous répéter ? pria-t-il en se saisissant d'une plume en moins mauvais état qu'il ne voulait bien le dire.

– Marquez : s'il arrivait malheur à Jordane Prigent, il faudrait venir chercher un objet que j'ai chez moi, et que m'a confié son père.

– Un objet ? s'intéressa Garin – puis il reprit un ton professionnel – Quel genre d'objet ?

– Une boîte en argent. Si je ne suis plus de ce monde, mes filles la donneront.

La plume de Garin gratta le parchemin.

– Qui doit la prendre ? poursuivit-il tout en écrivant.

– Le curé. Seulement le curé. Celui-là ou son successeur.

Et c'est à lui que je vais remettre ce bout de parchemin. Avez-vous fini ?

– Voilà. Quel est votre nom ?

– Jeanne Legaigneux.

Garin souffla sur l'encre et relut le tout avant de tendre la feuille à la femme. Celle-ci ne regarda même pas ce qui était écrit – comme les autres, elle était bien obligée de faire confiance – et signa d'une croix. Après quoi elle paya sans rechigner d'un poulet tout plumé, prêt à glisser au four, et sortit, son morceau de parchemin caché sous son châle.

– Et pas un mot ! insista-t-elle en passant la porte.

Et son doigt levé, déformé par l'âge, dans les flocons qui tourbillonnaient, fut la dernière vision que Garin eut d'elle.

Il alla vite chercher sa plaquette de cire et tenta de reproduire au stylet la forme du doigt. Comme il l'avait dessiné sans lisser le dessin précédent, cela donnait l'impression que la plaquette disait : « Attention, piège à loups ».

Garin sourit. Puis le souvenir de ce qu'il venait d'écrire lui revint, et le laissa pensif.

Une boîte. Une boîte contenant quoi ?

# 9

## Vieilles histoires

– Que voulait-elle ? demanda la veuve Guillou de son air le plus ingénu en s'apercevant que la vieille était déjà repartie.

Ne rien répondre ? Ce n'était pas sage : la veuve aurait pu rechercher la vérité, et en parler autour d'elle.

– Elle voulait que je lui écrive une courte prière sur un bout de parchemin, dit-il avec sérieux.

C'est qu'il venait d'un coup de songer à sa mère, qui faisait un usage intensif du seul petit morceau de texte qu'elle possédait : un verset de la bible. Sur ce fameux verset, qu'il n'avait même jamais eu la curiosité de lire, on jurait qu'on n'avait pas fait de bêtise, ni volé du pain dans la huche (elle en avait, à son grand dam, perdu la clé), mais il protégeait aussi des voleurs, de la maladie, de la foudre, et même on l'introduisait dans les pansements en cas de blessure grave. Il y avait eu une histoire affreuse quand sa sœur Adélaïde avait réussi à le chiper sous l'oreiller de la mère, et l'avait porté toute une journée en pendentif pour son propre compte. La réponse parut suffire à la veuve : une telle nouvelle ne méritait pas d'être colportée. Elle songea un instant qu'elle devrait peut-être s'en faire écrire aussi une ou deux, avant de revenir à sa préoccupation du moment.

– C'est tout ce qu'elle a dit ? questionna-t-elle enfin avec suspicion.

– C'est tout. Pourquoi ?

– Pour la raison qu'elle se mêle toujours de ce qui ne la regarde pas.

– Quoi, par exemple ? interrogea Garin avec intérêt.

La veuve lui jeta un regard en coin, mais ne répondit pas. Allait-elle raconter à ce vagabond leurs secrets ? Pourtant, un furieux besoin d'être sûre la démangeait. Elle ne put s'en empêcher... D'un ton volontairement anodin, elle demanda :

– Elle n'a pas parlé de loups ?

– Les loups, dit Garin, tout le monde en parle, mais elle, justement, non.

La veuve hocha longuement la tête sans même s'en rendre compte. Du temps qu'elles étaient encore jeunes, la Jeanne Legaigneux et elle, elles étaient toutes deux amoureuses du beau Huet Prigent, le père de Jordane. Mais lui, il ne les regardait point, ni l'une ni l'autre. Il faut dire qu'il était beaucoup plus jeune qu'elles. Alors, la Jeanne Legaigneux était allée voir la vieille faiseuse de charmes et jeteuse de sorts, Gervaise Goupil, et celle-ci lui avait donné la recette d'un philtre d'amour, qu'il fallait faire avec le poil de la queue d'un loup, pris sur un animal vivant.

Elles étaient amies, en ce temps-là, Jeanne Legaigneux et elle. Elles avaient dit : celle qui aura le courage d'arracher un poil de la queue d'un loup vivant, celle-là aura mérité Huet. Et elles étaient parties bravement, armées de fourches. Malheureusement, à la seule vue de la grande bête fauve qu'elles avaient dénichée, de sa grosse queue touffue, de ses canines longues et luisantes, de ses yeux jaunes étincelants, elle, Marguerite, s'était enfuie, laissant Jeanne seule face au loup.

Comment la Jeanne s'en était-elle tirée ? Marguerite ne le sut jamais, car de ce jour, elles ne s'étaient plus adressé la parole. Avait-elle obtenu le poil qu'elle convoitait ? C'était douteux. En tout cas, le beau Huet ne l'avait jamais épousée : il avait marié une autre, celle qui était devenue la mère de Jordane.

Vingt hommes contre une louve, la bête n'avait aucune chance. Garin ne voulut rien savoir du combat : les coups de fourche ou de faux ne l'intéressaient pas. Non... c'était pire : cela lui soulevait le cœur.

... Pourquoi ? (Tuer un loup avait toujours été une fête !) Était-ce à cause de l'histoire de Jordane ?

Enfin, on les avait eus : on ramenait, attachée par les pattes à une branche, la louve, la bête ballante. Quatre jeunes pendaient au bout du bâton en un tas informe et sanguinolent. On ne regrettait qu'une chose : la peau des louveteaux serait inutilisable. Dans celle de la louve, on pourrait tailler quelques paires de souliers pour les enfants, qui deviendraient ainsi forts et braves, et cette bête malfaisante serait enfin utile à quelque chose.

Le cortège victorieux se dirigea immédiatement vers la demeure du seigneur, que Garin n'avait jamais vue, et qui se situait assez loin, de l'autre coté de la lande. Le seigneur donnerait au moins quatre deniers pour la louve (deux fois plus cher que pour un mâle), et peut-être un denier par petit. C'est que le seigneur y avait intérêt aussi, à ce que les loups soient exterminés : plus de la moitié des troupeaux de moutons lui appartenaient.

Le village retomba dans un calme étonnant. La neige, qui s'était arrêtée un moment, recommençait à tomber doucement, ajoutant au silence.

La troupe bruyante ne revint que vers le soir, riant et plaisantant, jouant avec les flocons. Pourtant, on n'avait tué qu'une louve et quatre petits; croyait-on vraiment s'être mis à l'abri ? Non. Mais on savourait sur le moment cette petite victoire, qui redonnait confiance.

Les sept deniers obtenus furent aussitôt bus dans une cave humide qui tenait lieu d'estaminet. Puis on ressortit en cortège pour pendre triomphalement les dépouilles exécrées à l'entrée du village, et l'image des loups au bout de leur corde ne quitta plus l'esprit de Garin. Curieusement, elle se mêlait à une autre image : le doigt levé de la vieille.

Il fallait filer d'ici, ça puait la catastrophe, la menace, le malheur embusqué. Tuer un loup solitaire qui égorge vos troupeaux, pourquoi pas, mais abattre une louve et ses petits quand les bois pullulent de leurs frères et de leurs cousins...

Il n'avait aucune raison de subir la vengeance des loups, lui. Et puis il en avait marre de ce village pouilleux, il voulait partir !

Avant de passer le pont-levis, Garin inspecta bien à droite et à gauche. C'est que des histoires de loup, il en connaissait ! À ce qu'on disait, on avait vu un jour deux loups guettant à la porte d'une maison, un de chaque côté, attendant que le propriétaire sorte pour lui tomber dessus.

... Personne. Il releva la tête : devant lui, tout était blanc et calme. Le chevalier sans peur... Allait-il abandonner son travail ici par crainte de quelques bêtes poilues ?

Fuir devant le danger ne lui ressemblait pas ( ? ! ?) et... s'il partait, seul, il pourrait bien avoir à affronter, seul, la vengeance des loups au coin d'un bois.

Il ralentit son pas et se donna le temps d'aller jeter un coup d'œil dans le piège circulaire. La chèvre solitaire, mâchonnant un brin d'herbe, s'y ennuyait ferme, mais de loup, point. Aucun ne s'était laissé prendre. Jordane avait-elle raison en prétendant qu'ils avaient assez de gibier dans la forêt ?

Avant de pénétrer dans la maison, Garin jeta un dernier regard vers les bois. C'était devenu un tic. La neige tombait maintenant de plus en plus dru et elle l'empêchait de voir. Il entra. Jordane semblait absente. Les deux petites jouaient sur des peaux de montons avec des poupées de pommes de pin et de tissu.

– Votre sœur n'est pas là ?
– Elle est sortie.
– À cette heure ?
Les deux petites n'eurent pas l'air de comprendre sa remarque.
– Elle est dans la forêt, expliqua l'une. Dans la forêt, il y a un chanteur, enfermé dans une cage de verre.
– Un enchanteur, précisa Garin.
– Tu sais cette histoire ?
Garin n'avait aucune envie de raconter.
... Dans la forêt, à une heure pareille... Qu'y faisait-elle ?
Les petites le contemplaient avec de grands yeux. Voilà qu'elles lui rappelaient sa plus jeune sœur, Marion.
– C'était en des temps lointains, commença-t-il presque malgré lui en s'asseyant sur la pierre de la cheminée. En ce temps-là, vivait dans la forêt de Brocéliande un vieil enchanteur qui s'appelait Merlin. On disait qu'il pouvait bâtir un château en un instant, faire couler l'eau là où nulle goutte n'avait jamais paru, changer d'apparence, et se faire oiseau ou cerf, loup ou sanglier.
Un jour, il rencontra près de la fontaine une jeune fille très belle, qui se regardait dans l'eau. Aussitôt, il se transforma en séduisant jeune homme. La jeune fille l'aperçut, lui dit en rougissant qu'elle s'appelait Viviane, et qu'elle était la fille du seigneur des lieux et d'une fée de la vallée.
« – Je m'appelle Merlin, répondit l'enchanteur et en écartant les bras, il fit naître sous ses yeux, au milieu de la forêt, un jardin plein de fleurs et de fruits merveilleux.
– Je vous donne ce jardin, dit-il. Ainsi, vous vous souviendrez de moi.
Viviane protesta : elle ne voulait pas que ce jardin soit pour elle seule, elle voulait le partager avec Merlin.

– Je ne peux rester, répondit Merlin, car le roi Arthur m'a fait demander, mais je vous promets de revenir. »

– Et il est revenu ? demanda une petite.

Garin mit son doigt sur sa bouche :

– Chchch... Une année entière passa, et puis Merlin revint. Voilà qu'il était devenu très amoureux de Viviane, et Viviane de lui. Aussi, quand elle lui demanda de lui enseigner les sortilèges qu'il connaissait, il lui révéla ses secrets : comment se transformer en arbre, en biche, en serpent, en rivière...

– Tu les sais, toi, les secrets ?

Garin prit son air le plus mystérieux, sous-entendant qu'il savait tout, avant de continuer :

– Tous les secrets sauf un...

Il laissa planer un silence.

– Un jour, Merlin reçut un message du roi Arthur, qui le rappelait auprès de lui. Il n'en dit rien à Viviane, mais elle comprit qu'il allait repartir. Elle ne voulait pas qu'il s'en aille, elle voulait le garder toujours, et pourtant elle ne révéla rien de ses pensées, elle se contenta de demander :

« – Savez-vous comment emprisonner quelqu'un sans pierres, ni bois, ni fer ?

Merlin sourit :

– Je le sais, dit-il.

– Oh ! doux ami, pouvez-vous me l'enseigner ? »

Merlin comprit alors ce qu'elle voulait vraiment. Est-ce qu'il pouvait résister ? Il prit la main de Viviane, la fit asseoir près de lui sous un églantier en fleur, s'appuya contre une pierre et commença à raconter à voix basse tous les enchantements qu'elle ignorait. Et puis longtemps, ils restèrent immobiles, à écouter le vent. Enfin, Viviane se pencha vers Merlin, et elle vit qu'il s'était endormi. Alors, neuf fois elle fit tourner son écharpe autour du buisson d'églantier, en disant les neuf enchantements.

Quand Merlin s'éveilla, il était prisonnier : Viviane l'avait enfermé, pour l'empêcher de partir, dans une cage de verre.

C'est à ce moment du récit que Jordane entra, par la remise. Elle paraissait troublée. Garin finit :

– Ainsi, plus jamais Merlin l'enchanteur ne quitta la fée Viviane. On dit qu'ils sont toujours là, au cœur de Brocéliande, et y resteront pour l'éternité.

Puis, se tournant vers Jordane :

– Il n'est pas très prudent d'être dehors si tard !

– Je sais.

Et se laissant tomber sur la huche, elle souffla :

– Ils ont tué une louve et ses petits. Le mâle n'était pas là.

– C'est peut-être un de ceux qui ont été tués auparavant.

– C'est possible.

– Sinon... vous croyez à un danger ? questionna Garin en pressentant la réponse.

– S'il est encore vivant, il peut chercher à venger sa femelle. Il peut aussi s'en aller... Comment savoir ce qu'il va décider ?

L'air toujours soucieux, elle reprit :

– Je n'ai presque plus de foin, et demain, il faudra que je sorte le cheval, pour qu'il broute un peu. Cela m'inquiète, à cause des loups.

– Entravez-lui les pattes de devant, proposa Garin.

– Vous êtes fou ? Si les loups s'attaquaient à lui, il ne pourrait pas s'enfuir !

– Justement : s'il voulait fuir, il serait fichu, parce que

les loups sont plus rapides. Alors que s'il est entravé, sa réaction va être de ruer, de se cabrer et de piétiner sur place, et les loups n'oseront pas s'approcher, par peur des coups de sabot.

– Vous savez des choses...

– A force de voyager, dit-il, on finit par apprendre, même si on n'est pas très doué.

Il rit, sans arriver toutefois à détendre Jordane

– Ce cheval, dit-elle pensivement, vient des écuries du duc de Rohan. Mon père m'en a laissé la garde, vous comprenez, je ne peux pas trahir sa confiance.

Garin ne fit pas de commentaire. Un père qui laisse ses filles en difficulté... Allons ! Ce n'étaient pas ses affaires !

– Mais j'y pense, s'exclama-t-il soudain. Les louveteaux... le bûcheron avait dit qu'ils étaient cinq.

– Ils étaient cinq.

Le ton était si brusque que Garin eut l'intuition qu'elle savait quelque chose à ce sujet.

– Que voulez-vous dire ? demanda-t-il

– Le cinquième est ici – elle désignait la remise. Il s'était éloigné de la tanière. Quand j'ai su que les villageois n'en avaient pris que quatre, je suis allée y voir, et je l'ai trouvé.

– Et vous l'avez ramené ? suffoqua Garin.

– Je leur dois bien ça, dit-elle. Un jour, eux aussi m'ont recueillie et ce louveteau-là n'est même pas encore louvard*, il est trop jeune pour chasser. Il n'a plus de mère, et sans doute plus de père. Il serait mort.

Garin resta sans voix. N'allait-on pas au-devant de graves ennuis ?

---

* Louveteau de six mois.

# 10

## Une lettre

Garin se réveilla en entendant la porte de la maison. Jordane entrait-elle ? Sortait-elle ?

L'affaire de « l'objet » déposé chez la vieille lui revint à l'esprit. Il n'avait pas le droit d'en parler à Jordane, puisqu'il était tenu au secret, et pourtant, il aurait bien aimé savoir si elle était au courant. Comment faire ? Il ne voyait pas. Il renonça pour l'instant à sa curiosité et enfila ses vieilles chausses, qui commençaient à se trouer mais dans lesquelles il se sentait bien. Une chemise de lin, une cotte rembourrée, un surcot de gros drap et, par-dessus, sa cape.

Si cet hiver était aussi rude que le précédent, il faudrait qu'il se procure d'autres vêtements, plus chauds, et peut-être même un manteau à capuchon. Le surcot n'était plus très à la mode – bien que dans ce village on n'en sache évidemment rien – et s'il gagnait assez d'argent, il s'offrirait bien aussi un pourpoint. En enfilant ses souliers, il s'aperçut que la semelle en était presque trouée. Ahi ! Pas de pourpoint avant longtemps... il y avait plus urgent !

Il regarda dehors. Tout était merveilleusement blanc, le village avait presque disparu. Il descendit.

Les restes du poulet qu'il avait rapporté la veille étaient encore sur la table. Jordane avait évidemment déjà trait la vache, puisqu'elle était en train de faire chauffer le lait. Les petites babillaient dans un langage incompréhensible pour lui, et dont elles n'usaient d'ailleurs qu'entre elles.

– Ce sont des formules magiques pour se transformer en quoi ? plaisanta-t-il.

Les fillettes pouffèrent de rire.

– Vous avez des frères et sœurs ? demanda alors Jordane.

– Beaucoup.

– C'est-à-dire ?

Garin lui jeta un regard. Il aurait bien raconté n'importe quoi, comme d'habitude, mais elle avait trop d'ennuis, il aurait eu honte de lui mentir.

– Au moins vingt-quatre, dit-il. C'est le nombre qu'ils étaient quand je suis parti. Mais c'était en 1348...

– ... Ici, dit Jordane d'un ton hésitant, on ne parle pas beaucoup en chiffres pour les années.

C'est vrai ! voilà une habitude qu'il avait prise chez les moines, où l'on écrivait souvent les dates sur les documents.

– Vous l'appelez sans doute : « l'année de la Bosse ».

– Ah ! ... nous disons : « l'année de la Grande Maladie* ».

– Vous êtes trop jeune pour vous souvenir de cette année-là.

– Même si on n'a que cinq ou six ans, comment oublier ? La Grande Maladie ne s'est pas effacée des esprits. Dans le village, nous avons perdu presque la moitié des habitants.

* La peste.

Mes deux frères aînés sont morts. Vous pensez que vos frères et sœurs...

– Ils ont forcément été touchés. Je ne sais pas combien il m'en reste. Pour fuir la maladie, mes parents ont quitté la ville, les enfants se sont dispersés.

– Vous n'avez aucune nouvelle ?

– Aucune. Je ne sais absolument pas où ils sont.

– C'est comme moi, pour mon père : je ne sais rien. Par moments, je me demande s'il est toujours en vie.

La pensée de l'objet revint à la mémoire de Garin. Il la chassa.

– Et vous, où étiez-vous pendant la Grande Maladie ? interrogea Jordane.

– À l'abbaye de Bégard... Tout à fait par hasard.

– Vous vouliez vous faire moine ?

– Non ! Oh non ! J'ai besoin d'air, moi. J'y étais...

Il ne sut comment finir sa phrase sans se lancer dans l'histoire de sa vie, de l'école cathédrale*... bien trop compliqué. Et puis c'était secret. Il déclara finalement :

– J'y faisais mes études.

– Mais vous étiez jeune !

– Huit ans.

Il affirmait cela au hasard, vu que sa mère avait toujours été incapable de se rappeler à quel moment il était né, même pas la saison, et comme en plus elle n'avait jamais su en quelle année on se trouvait...

– Un jour, reprit-il, j'ai croisé un homme dans une rue de Nantes. J'ai continué mon chemin, et puis soudain j'ai réalisé que c'était un de mes frères, que je venais de voir. Bien entendu, en six ans il avait changé, mais c'était lui,

---

* Petite école qui dépendait de la cathédrale, et où Garin a appris à lire et à écrire. Voir *Le Fantôme de maître Guillemin*, paru dans la collection Folio junior.

sûr ! J'ai rebroussé chemin, j'ai couru, j'ai cherché partout, sans le retrouver. Cela va vous paraître étrange : alors que je n'avais pratiquement jamais repensé à lui, maintenant il me manque. Peut-être que si j'avais pu seulement lui parler, je l'aurais de nouveau classé dans ma mémoire. Il aurait été bien rangé. Au lieu de ça, il n'est rangé nulle part et il me met du désordre.

Jordane sourit légèrement à l'expression. Un sourire enfin, depuis si longtemps !

– Au fait, dit Garin, je n'ai pas entendu le louveteau de toute la nuit. Je m'attendais au moins à ce qu'il pleure !

– Il avait trop peur tout seul dans le noir... commenta une petite.

Garin suivit son regard : lové sur la couette, le louveteau dormait paisiblement.

– Ce matin, expliqua Jordane, je suis allée relever les pièges : je lui ai attrapé quelques souris pour son repas. Heureusement qu'il est à l'âge où son père ne lui mâchait plus la nourriture ! ... Surtout, il ne faut pas lui laisser quitter cette pièce : s'il va à côté, les animaux pourraient le sentir à travers la porte et s'affoler. Dans quelques jours, ça ira mieux, quand il aura perdu de son odeur de fauve.

Garin saisit son écritoire et, d'un mouvement familier, la balança dans son dos.

– Il faut que j'aille travailler.

Une des petites courut lui ouvrir la porte.

– Oh ! s'écria-t-elle, des moutons noirs sur la neige blanche !

Les petits bergers qui passaient regardèrent aussitôt de l'autre côté, en accélérant le pas. Ils n'étaient pas rassurés de devoir passer devant la maison de « la sorcière », pas rassurés d'aller garder le troupeau, même avec des moutons noirs. On les avaient achetés à prix d'or, car on disait que les loups n'attaquent pas les troupeaux où se trouvent des moutons noirs. Ils espéraient que c'était vrai, ils espéraient que cette première neige déciderait leurs parents à rentrer les moutons, mais comment les nourrir si on les rentrait si tôt ? Ils espéraient quand même que la neige continuerait de tomber, qu'il n'y aurait plus rien à brouter sur les collines, et qu'on parquerait définitivement les bêtes près des maisons.

Hélas ! La neige avait cessé et le soleil brillait.

Garin fit un signe amusé aux jeunes bergers, qui venaient de se retourner pour le dévisager avec crainte et curiosité.

Suivie des deux fillettes qui marchaient en levant haut les pieds dans la neige, Jordane se présenta au moulin. Elle n'avait plus de farine, plus de grain à moudre, oserait-elle demander ?

– Hum hum... grogna l'oncle. Bien sûr, si tu ne peux plus payer tes ouvriers, tu n'as plus de récolte.

– A l'été prochain, je vous le rendrai, mon oncle.

– Va, ne t'en fais pas. Ne suis-je pas le frère de ton père ? Laisserais-je mes nièces mourir de faim ?

Jordane eut un soupir soulagé. Son oncle était souvent un peu brusque, mais point méchant, et depuis cette histoire de loups, il était même devenu beaucoup plus gentil avec elle. Pour compenser la méchanceté des autres, sans doute.

Elle observa qu'il ouvrait un sac où il ne restait que peu de farine, puis finalement qu'il en choisissait un autre, mieux rempli, pour le lui donner. Elle en fut touchée.

– Voilà, dit l'oncle, j'espère que ça ira pour attendre des jours meilleurs.

– Je vous remercie beaucoup, oncle Macé, je ne m'attendais pas à si beau cadeau.

– J'irai transporter ça chez toi dès que j'aurai un moment, affirma-t-il en chargeant le sac sur la brouette. Il semblait préoccupé.

– Au fait, reprit-il soudain, j'ai reçu des nouvelles de ton père.

Jordane sentit son cœur s'arrêter :

– De... mon père ?

– Attends... – il fouilla dans un petit coffre. Voilà...

Jordane fixait la missive avec des yeux dévorants. Elle ne savait pas lire, et aujourd'hui il lui en coûtait terriblement.

– Hum... Voilà :

*Mon cher frère,*

*Je suis toujours à Saint-Jacques de Compostelle avec un groupe de pèlerins qui y demeurent quelque temps. Je sens que Dieu me demande de faire de même. Aussi, dites-le à ma fille, je suis sûr qu'elle comprendra. Je reviendrai dans quelques mois.*

– Mais il ne sait pas que ma mère est morte ! s'effraya Jordane.

– Si, il le sait, car il ajoute :

*Je suis très triste pour ma femme, mais je crois qu'elle est assise à la droite de Dieu, car elle était bonne. Dites à Jordane de bien s'occuper de ses petites sœurs et de prier Dieu de nous garder tous en vie. Je pense beaucoup à elle. Vous êtes dans toutes mes prières.*

*Ton frère, Huet Prigent.*

Le meunier leva son regard bleu vers Jordane :

– Voilà, lâcha-t-il.

Puis, devant l'air abattu de sa nièce, il ajouta :

– Il faudra tenir.

Jordane garda les yeux baissés.

– Je… je n'ai plus d'argent, mon oncle. Comment tenir si je ne peux payer les ouvriers, vous l'avez dit vous-même. Ils ne voudront pas attendre la prochaine récolte, surtout si elle ressemble à celle de cette année.

Le meunier hocha la tête : le champ de seigle avait brûlé. Un feu mal éteint par des voyageurs ?

– Par moments, dit Jordane, j'ai envie de tout vendre et de partir.

L'oncle la fixa avec étonnement.

– Tu ne le peux pas, ces biens ne t'appartiennent pas.

– Je le pourrais : en l'absence de mon père, ma mère avait tout pouvoir, maintenant, c'est moi, elle me l'a dit.

– Ne fais pas cela, protesta l'oncle, c'est le bien de ton père ! Que dirait-il en revenant ?

Jordane hocha vaguement la tête. Que faire, alors ?

– Je t'aiderai, décida l'oncle, comme je pourrai… mais ne t'attends pas à trop, je ne suis pas riche.

– Merci, mon oncle, dit Jordane en s'éloignant.

Elle ne voulait pas s'effondrer en pleurs devant les petites, mais elle n'en pouvait plus. Pourquoi son père ne lui avait-il pas écrit, à elle ? Serait-ce donc vrai, ce qu'on disait au village : que son père était parti parce qu'il avait peur de vivre à ses côtés ?

Certains racontaient qu'elle portait sur elle l'odeur du loup, et que c'est une odeur dont on ne peut jamais se débarrasser.

Elle regarda autour d'elle avec désespoir. Sur les hauteurs, de ce côté, les landes s'étendant à perte de vue lui paraissaient soudain ennemies. Pourquoi avait-elle pris ce chemin ?

Les deux petites couraient dans la neige, s'amusant à

pétrir des boules maladroites et à se les lancer. Jordane s'assit sur une pierre pour leur laisser le temps de jouer. Un peu en contrebas, on voyait des moutons, qui fouillaient la neige de leur museau impatient. Des moutons... Les brebis, sur la gauche, étaient un peu plus grasses. On n'apercevait pas les bergers.

Jordane sortit de son rêve. Depuis combien de temps était-elle là ? ... Ses sœurs ! Où étaient ses sœurs ? Son regard s'affola. Ah ! Elles étaient là-bas, à l'abri des ajoncs, entassant consciencieusement des paquets de neige.

Jordane s'approcha. Que posaient-elles sur la neige ?

– Mon Dieu ! où avez-vous trouvé cette peau de loup ?

– Là, dans un trou, sous la pierre...

– Laissez cela, dit Jordane en rejetant vivement la peau dans le trou qu'elle referma ensuite avec la pierre. Allons-nous-en.

Elles descendirent la colline d'un pas rapide. Cette peau de loup mettait Jordane mal à l'aise. Elle respira profondément. Il ne fallait pas se laisser gagner par les frayeurs incontrôlées, elle devait maintenant prendre des décisions : aller voir le seigneur, ou l'abbaye, c'étaient les deux seuls qui pourraient lui racheter les meubles qui lui restaient. Autrefois, ils avaient été riches, c'étaient des meubles de riches. La huche à pain, par exemple, elle pourrait la vendre un bon prix. De toute façon, pour ce qu'elle contenait aujourd'hui...

Quelques mois. Durer encore.

Elle avait couché les petites pour la sieste. Elles dormaient, le louveteau aussi. Jordane s'éclipsa sur la pointe des pieds. Le soleil était venu à bout de la neige, qui ne subsistait plus que par plaques. Jordane se sentait mal, mal. Il fallait qu'elle aille là-bas.

Là-bas, au bord de la lande, se dressait une rangée de grosses pierres. La première était celle où les femmes venaient se frotter le ventre quand elles voulaient avoir un enfant. Jordane ne s'y arrêta pas, elle s'avança jusqu'à la quatrième, qui portait sur le dessus un petit creux, où il restait toujours un peu d'eau. Elle y trempa ses doigts, en implorant ces pierres, qui avaient vu naître le monde, de lui communiquer un peu de leur force, parce qu'elle en avait besoin, parce que sans elle, il lui serait impossible de résister.

Puis elle s'agenouilla et posa son front sur la pierre.

– Allons, dit Garin d'une voix lasse, vous ne pouvez pas laisser le même objet à deux personnes différentes ! Il faut choisir !

L'homme tournait dans ses mains un vieux chapeau de

feutre, tout en ruminant une nouvelle fois la liste de ses biens, sans parvenir à choisir.

– Cela fait quatre fois que je regratte cette ligne, observa Garin. Si ça continue, je vais finir par faire un trou dans le parchemin, et tous vos biens vont tomber dans ce trou.

L'homme ouvrit des yeux effarés. Garin secoua la tête d'un air excédé.

– Marguerite ! lança une voix masculine dehors. Ta part de fagots !

La veuve Guillou branla du chef d'un air mécontent.

– C'est que je n'en ai pas beaucoup, protesta-t-elle.

– Chacun doit en donner un, c'est la règle, c'est le curé qui l'a dit.

Le curé ! le curé !

– Mais enfin, on a construit des remparts ! fit-elle remarquer.

– On a des remparts, mais on a tué des loups, alors il vaut mieux prendre des précautions supplémentaires, et faire des feux aux quatre coins du village pour les décourager d'approcher. Rien ne dit qu'un loup énervé…

L'homme arrêta net son discours. Que se passait-il ? Un attroupement, là-bas.

Il disparut de leur vue.

Garin planta là son client et partit aux nouvelles. On n'entendait que des cris, des imprécations. Au centre de l'attroupement, deux brebis. Mortes.

– Et pourtant, criait-on, il y avait des moutons noirs avec !

– Et les bergers ?

– Ils sont saufs, ils n'ont rien vu.

– Les bergers, c'est là pour surveiller !

– Oui, mais les loups sont malins.

Garin observa les brebis : elles avaient été vilainement égorgées.

– Ce que je ne comprends pas, intervint-il, c'est pourquoi ils ne les ont pas emmenées pour les manger !

– C'est que vous ne les connaissez pas : ils font le mal pour le mal.

– Ou alors, proposa le curé, ils ont été dérangés par quelqu'un.

On se consulta : non, à la réflexion, les loups n'auraient pas égorgé des proies sans les emporter, ou au moins sans les dévorer en partie sur place. Ou alors... Ou alors quoi ?

# 11

## DES RAPACES TOUT AUTOUR

Garin était content. Écrire un testament pour un seigneur, c'était tout de même autre chose que de partager trois poules entre six enfants. Il était content, mais en même temps une petite angoisse lui étreignait le cœur. Pas à cause du seigneur, non, à cause des brebis. Lui, il en avait vu, des bêtes saignées par les loups, à demi dévorées, mais comme ces deux brebis-là, jamais. Quelque chose n'allait pas. Le loup qui avait fait ça était un loup aux mœurs étranges.

Une sorte de loup… l'expression du meunier lui revint soudain, et cette évidence s'empara de lui avec une telle intensité qu'il s'en sentit les jambes coupées, et dut s'asseoir sur la pierre de la fontaine, au bord de la route.

Cette fontaine, on disait que si on en prenait l'eau dans les mains et qu'on la jetait sur la pierre la plus proche, on provoquait un orage. Mais bien sûr, il ne fallait penser à rien d'autre qu'à la pluie. Lui, son esprit était occupé à autre chose, et la pluie, il n'en voulait pas.

Voilà qu'il sentait le froid. L'eau, sur le bord de l'auge de pierre, commençait à geler. Il ne fallait pas rester là, il allait attraper du mal. Il se leva. L'air s'était encore nettement rafraîchi, la terre elle-même devenait plus dure sous le pied. Il sut soudain que l'hiver qui guettait était en train de s'abattre sur eux. Il pressa le pas.

Il s'attendait à un château, même petit, mais la demeure du seigneur n'était qu'une grosse maison, flanquée d'une tour sur la gauche. De chaque côté du bâtiment principal, deux autres se faisaient face, délimitant la cour. Un simple mur fermait le carré, avec un porche de pierre assez beau, sous lequel Garin venait de passer.

Il avisa deux palefreniers, qui s'affairaient à droite, à la porte des écuries.

– Messire Pierre de Lémur m'attend ! lança-t-il dans leur direction.

Un homme se redressa, le détailla d'un œil inquisiteur et appela :

– Lisette !

La personne qui répondit à l'appel était une grosse servante d'une quarantaine d'années, à laquelle ce prénom n'allait pas du tout.

– Vous êtes le scribe ? s'informa-t-elle. Suivez-moi.

Sans ajouter un mot, elle le fit entrer dans la pièce principale du logis. On avait ranimé le feu dans la vaste cheminée, dont le manteau portait un blason à deux animaux dressés sur leurs pattes de derrière. Des lévriers ? Des hermines ? Cela rappela à Garin qu'il ne s'était toujours pas choisi de blason, ni de devise.

Et son maître-mot ?... Sa paresse était vraiment redoutable : ce maître-mot, s'il le découvrait un jour, pouvait lui sauver la vie, pourtant ! Il pensait que s'y trouvait Bouclier, et peut-être Mystère. Sans-peur lui plaisait bien aussi, finalement...

Il déposa son écritoire, qui lui pesait un peu, sur un gros coffre de bois sculpté, un coffre riche à deux tiroirs.

La table n'était pas dressée et, appuyés contre le mur, on voyait son épais plateau de chêne et ses tréteaux. Les autres meubles de la pièce : une desserte, quatre bancs, un fauteuil tendu de cuir et un de bois, une huche ventrue. Ici, on était aisé, mais pas vraiment fortuné. Depuis le temps qu'il fréquentait des demeures de toutes sortes, Garin aurait pu évaluer une fortune juste en jetant un coup d'œil à la pièce principale.

Dans le cas présent, il aurait parié qu'il trouverait dans les écuries trois à quatre chevaux, et puis une dizaine de vaches à l'étable, et autant de porcs de-ci de-là, quelques chèvres et certainement des moutons, assez nombreux, répartis pour l'instant entre tous les fermiers qui en avaient la charge.

Le seigneur apparut dans la pièce sans crier gare. On reconnaissait son rang à sa démarche, à sa façon de porter la tête – attitude des gens qui ont l'habitude de commander – bien que sa tenue soit celle d'un paysan huppé. Un individu grand et brun, l'air point trop sot.

– Vous êtes le scribe ?

– Garin, pour vous servir.

– C'est un beau métier. Qui vous a appris à écrire ?

– Mon oncle, dit Garin avec assez de lenteur pour se donner le temps d'imaginer la suite.

– Il était scribe également ?

– Du tout. Il était briseur de chaussures à la cour de Bourgogne.

Le seigneur eut une expression de surprise, qu'il parvint à dissimuler aussitôt.

– Il n'y en a pas beaucoup, hasarda-t-il.

– Non, reprit Garin, mais c'est que monseigneur le duc de Bourgogne a les pieds très fragiles. Mon oncle portait donc le premier toutes ses chaussures neuves, de manière à les faire déjà un peu à la marche.

Le seigneur de Lémur n'avait visiblement jamais entendu parler de ce genre de pratique. À sa décharge, il faut dire que Garin non plus.

– Certaines fois, continua celui-ci avec un sérieux imperturbable, il devait les porter si longtemps que lorsque monseigneur le duc les enfilait enfin, elles étaient fort usagées, et c'est pourquoi tout le monde croyait que monseigneur le duc n'avait pas les moyens d'acheter des chaussures neuves. ... Avec la mode des poulaines* – Garin ne pouvait plus s'arrêter tant cette histoire lui plaisait – mon oncle eut un rôle encore plus important : à lui de bourrer le bout des chaussures avec la bonne quantité de foin, pour qu'elles se tiennent bien, sans gêner la marche. Quelle responsabilité ! Le duc lui donna alors autorisation unique de s'appeler Jean Bourrefoin.

– C'est votre nom aussi ? interrogea le seigneur.

– Non point. Moi, c'est Garin Troussepaille.

Le seigneur émit un petit grognement, avant de remarquer :

– Les chaussures à la poulaine, c'est pour les paresseux. Ces extrémités interminables ne sont que gêne.

– L'Église y est également opposée, renchérit Garin en jugeant opportun de changer de sujet, elle trouve que cette nouvelle mode des habits courts et des chaussures longues est inconvenante, et pense que c'est elle qui a attiré sur nous la colère de Dieu et la Grande Maladie qu'il nous a envoyée.

D'après la mimique du seigneur, on déduisait qu'il ne croyait pas très fort à cette explication. Il n'en dit rien.

---

* Chaussures à bout très allongé.

– Ainsi, reprit-il, bien que ce ne soit pas son métier, votre oncle savait écrire ?

– A la cour de Bourgogne, chacun sait écrire. Monseigneur le duc ne supporte pas d'ignorant dans son entourage.

– Vous avez donc vécu à la cour de Bourgogne ?

Le terrain devenait glissant. Garin se rendit compte qu'il était allé un peu loin, lui qui savait à peine dans quelle direction se trouvait la Bourgogne. Pour peu que le seigneur soit au courant, ne serait-ce que du nom du duc (dont lui n'avait aucune idée)... « Évite de mentir sur des sujets que tu ne connais pas, de peur de passer pour un menteur », vieux proverbe catalan, traduit de l'égyptien par saint Garin. Il préféra s'arrêter là.

– Nous n'habitions pas loin, finit-il... mais nous ne sommes pas ici pour parler de moi, n'est-ce pas ? Vous avez requis mes services ?

– Oui, je voudrais vous faire écrire la liste de mes biens, seulement pour y voir plus clair. Je suis trop jeune, voyez-vous, pour penser à mon testament.

Non mais ! Cela ne faisait pas du tout l'affaire de Garin, qui avait appris par cœur une belle formule idéale pour introduire les testaments des nobles et des riches bourgeois...

– On dit que la guerre reprend, signala-t-il. N'en serez-vous pas ?

– Peut-être, dit le seigneur qui ne semblait pas si jeune qu'il voulait le donner à penser.

– La guerre prend les jeunes comme les vieux, fit Garin d'un ton docte. Une liste de biens ou un testament, il n'y a guère de différence, et vous partiriez tranquille. Et puis, ça vous éviterait de convoquer de nouveau un scribe dans l'urgence.

Le seigneur émit de petits bruits, témoins de sa réflexion.

– Asseyons-nous, dit-il enfin, et voyons comment on peut présenter un tel document.

– J'ai l'habitude, rassura aussitôt Garin. Il est élégant de commencer par une réflexion philosophique, par exemple : « Considérant la fragilité de l'humaine condition qui, de jour en jour s'amenuise en tirant chacun à sa fin, et qu'il n'est chose plus certaine que la mort, ni plus incertaine que l'heure d'icelle... »

– C'est bien, dit le seigneur, commençons comme cela. Alors voyons... mes terres s'étendent de la rivière jusqu'au pied des hauteurs en beau terrain, plat pour l'essentiel. Des prairies, des bois, deux villages. Moins l'enclave des Prigent, bien sûr. Ensuite il y a les collines, et...

– Vous avez parlé d'une enclave ? interrompit Garin en essayant de prendre un air très étonné. Ce n'est pas un peu gênant ?

– Très agaçant, lâcha le seigneur d'un ton sec qui en disait long.

Et Garin fut content d'avoir su saisir la balle au bond pour s'informer sans en avoir l'air.

– Nous n'y pouvons rien, finit le seigneur : mon ancêtre a donné cette terre à l'ancêtre des Prigent, on ne peut pas revenir là-dessus, sauf...

Il ne finit pas et demanda soudain :

– Vous êtes au village... Vous connaissez cette famille ?

– Un peu.

– On dit que la fille est aux abois... C'est difficile pour une enfant de gérer des terres. Et puis elle a une réputation d'étrangeté, non ?

Garin ne fit pas de réponse : son rôle était d'engranger les informations, pas d'en distribuer gracieusement.

– Comme on n'a pas de nouvelles du père, continua le seigneur, probable qu'il est mort. Si vous entendez dire que la fille vend, faites-moi prévenir d'urgence. Je me méfie de ceux de là-bas.

– De qui ?

– De l'abbaye, pardi ! Les terres de l'abbaye touchent celles des Prigent, de l'autre côté, et je sais que la vigne intéresse bien ces chers moines, même si les récoltes ont été malmenées par les grands froids de l'hiver dernier. Je crois même que ces froids les ont bien arrangés, ces oiseaux de malheur, car à mon idée, ils lui ont prêté...

Il s'arrêta soudain, conscient de déborder largement du sujet, et que cela ne regardait absolument pas ce garçon des grands chemins.

Jordane frappa à la porte de l'abbaye et demanda à voir le père abbé. Elle ne l'aimait pas beaucoup, mais sa survie dépendait de lui.

– Mon père, dit-elle au petit homme rondelet à la tonsure luisante, je suis un peu en difficulté, et je viens vous demander si l'achat d'une belle huche pourrait intéresser votre abbaye.

Le père abbé la toisa sévèrement, de la tête aux pieds.

– Comment pouvez-vous, ma fille, me proposer un tel marché ! Si je le veux, cette huche m'appartient : vous me devez déjà un tiers de votre récolte de seigle, et je peux parfaitement me rembourser autrement que sur la récolte !

– Ce ne sont pas les accords... bredouilla Jordane déroutée. Vous m'aviez dit que vous me laissiez un an pour vous rendre le grain que vous m'aviez prêté. Vous savez bien que mon champ a brûlé...

– Certes, certes, je ne suis pas mauvais homme, voyez-vous, et je comprends votre détresse. Aussi, plutôt que de vous acheter la huche, je préfère acquérir votre vigne. Elle ne vaut plus grand-chose depuis que le gel de l'hiver dernier l'a fort abîmée, et que la récolte...

– Mais les ceps sont encore vivants !

Le père abbé eut une petite moue dubitative.

– Et puis... reprit-il comme distraitement, si l'hiver qui vient est aussi froid... je ne fais pas une très bonne affaire, peut-être même une très mauvaise. Bon, je dois me montrer charitable, mais je ne peux évidemment pas vous en donner très cher...

– Je ne veux pas vendre la vigne, dit rapidement Jordane.

– Alors, remboursez vos dettes ! C'est trop facile, que de compter sur la charité d'autrui !

Jordane en demeura saisie.

– Enfin, reprit l'abbé plus doucement, vous pouvez comprendre que pour nous aussi, à l'abbaye, les temps sont durs. J'ai tant de moines sous ma responsabilité... Nous devons manger aussi, modestement bien sûr, mais cela est indispensable à notre survie comme à la vôtre. Toutefois, je ne suis pas un ogre, je vais vous laisser une semaine pour régler vos dettes... Donc, dans une semaine juste, je vous donne rendez-vous sous le grand if, à la première sonnerie des cloches.

Quand Jordane ressortit de l'abbaye, elle était comme assommée. Elle ne voyait plus rien devant elle. Le sang battait à ses tempes et ses oreilles bourdonnaient. Elle ne sut par quel miracle elle se retrouva devant le moulin.

– Oncle Macé ! Oncle Macé !

– Oh ! Que t'arrive-t-il encore ?

– L'abbé, il me demande de rembourser le grain maintenant.

Le meunier émit un petit grognement.

– Sinon, finit Jordane, je crois qu'il va se rembourser sur la vigne.

– La vigne ! s'exclama le meunier suffoqué. Ah non ! Jamais ! Cette vigne fut plantée par mon grand-père !

– Je sais, oncle Macé, mais que faire ?

– Les rapaces... les maudits rapaces... Si j'avais un peu plus d'argent... – la colère lui empourprait le visage – ... Tant pis, dit-il, malgré la faiblesse de mes moyens, je vais régler ta dette en grain. Tu me le rendras quand tu le pourras.

Jordane ouvrit de grands yeux :

– Vous feriez cela, mon oncle ?

Jordane regretta d'avoir pensé du mal de son oncle. C'est à lui qu'elle aurait dû demander du grain quand elle en avait eu besoin. Pas à l'abbaye ! Quelle sotte ! Elle n'avait pas eu assez confiance. Elle n'avait vu en son oncle qu'un vieux célibataire ne s'occupant que de lui-même. Elle avait oublié qu'il pouvait tout de même avoir le sens de la famille.

– Merci, dit-elle.

Elle en pleurait presque.

Garin demeura pensif tout au long du chemin. Il ne songeait déjà plus au seigneur, seules les brebis occupaient ses pensées. La blessure des brebis. Quel genre de loup, là-haut sur la lande, avait-il pu faire cela ? Des histoires de loup-garou lui revinrent à l'esprit. Est-ce que vraiment, des êtres humains pouvaient se muer en loup ? On disait que certains s'enduisaient d'un mélange de graisse d'enfant mort-né, de bave de crapaud et de plantes, mais que d'autres se transformaient sans le vouloir, sans même le savoir.

Voilà qu'il se sentait assailli par le doute. Voilà qu'il ne pouvait plus évoquer les loups sans penser à Jordane. Devait-il continuer à habiter chez elle ?

Sans avoir réussi à résoudre son problème, il se retrouva devant la porte de la maison au moment même où elle arrivait par l'autre côté. Elle avait l'air si bouleversée qu'il eut aussitôt grande honte de sa méfiance.

Quand il apprit ce qui s'était passé à l'abbaye, Garin comprit que les choses de ce côté de la rivière n'étaient peut-être pas aussi claires qu'on pouvait le croire.

Enfin, si le meunier intervenait, une partie du problème se trouvait résolu. Il était donc suffisamment riche...

– Il prétend que non, dit Jordane, et pourtant, comment le croire ? En tant que juveigneur, mon père a bien sûr hérité de la maison et d'une partie des terres de ses parents, mais son frère aîné Macé a eu presque tous les troupeaux, certains terrains et de l'argent. De plus, il a obtenu du seigneur de Lémur la place de meunier, qui lui rapporte bien... Cependant, aujourd'hui, il s'est montré généreux, et ça, je ne l'oublierai jamais.

– Votre situation, c'est à cause de l'hiver ? De l'incendie ?

– Pas seulement. Sans doute que je ne gère pas bien. Ma mère, elle, savait recruter les journaliers, diriger les gens, moi j'ignore tout. J'ai mangé l'argent au lieu de le faire fructifier, je n'ai pas su vendre les récoltes au bon prix...

Garin comprenait : les acheteurs avaient affaire à une fillette, ils en avaient profité. Et dire que ceux-là allaient sans doute à la messe dévotement chaque jour... Cela le mettait en rage. L'injustice était la chose qu'il supportait le moins. Elle provoquait toujours chez lui un état de colère inexplicable, surtout quand les injustices ne le concernaient en aucune façon.

Il repensa au seigneur, à l'abbé, aux villageois. Quelque chose dans tout cela le perturbait. Quoi ?

Il regarda dehors et en resta bouche bée : dans la nuit tombante, des dizaines d'yeux phosphorescents avaient envahi le champ.

Il tourna le tête vers Jordane. Elle semblait oppressée et pourtant, d'où elle se tenait, elle ne pouvait voir les loups. Sans rien dire, il referma discrètement la fenêtre.

Assis près des derniers feux mourants de la cheminée, Jordane ne bougeait pas. Elle regardait ses mains avec une attention maladive. Pourquoi ne pouvait-elle dormir quand la nuit venait ? Elle veillait. Comme les loups. Comme les loups...

# 12

## Loup-Garou

Au matin, les loups avaient disparu. Il faisait froid. On était dimanche.

Dans la pièce d'en bas, on entendait le ronflement du rouet : Jordane avait donc commencé à filer sa laine. Comme d'habitude, Garin n'avait même pas été réveillé par le chant du coq. Ces bestioles, qui s'égosillaient honteusement avant même d'avoir vu le soleil, ne parvenaient plus depuis longtemps à perturber son sommeil. Quel bonheur ! Et dire qu'il avait connu un village où, les coqs ayant brusquement cessé de chanter, les paysans avaient demandé à leur évêque de faire un miracle pour leur rendre la voix !

Jordane était assise près du feu. Tout en tournant la roue de bois avec une impeccable régularité, la jeune fille, la quenouille dans la main droite, veillait à la bonne tension du fil, qui le ferait lisse et régulier.

– Je file seulement pour notre propre usage, remarqua-t-elle comme pour s'excuser.

– Vous avez raison, approuva Garin en refermant derrière lui la porte de l'étable. Même si le travail est interdit le dimanche, on a quand même le droit de s'occuper les mains. Dites… le louveteau a hurlé, cette nuit !

Jordane hocha la tête. Elle savait certainement que la meute était là, hier au soir.

– Il a sentit les autres, dit-elle simplement.

On voyait qu'elle était préoccupée. Garin allait lui demander pourquoi, lorsque des coups violents furent frappés à la porte.

– Jordane ! Ouvre ! C'est moi, Julen !

Julen ! Quand Garin croisa le regard de la jeune fille, il comprit que le maréchal-ferrant lui faisait une peur affreuse.

– Que voulez-vous ? s'inquiéta-t-elle en entrebâillant la fenêtre avec méfiance.

– Ouvre cette porte !

– Dites-moi d'abord ce que vous voulez.

– On a entendu les plaintes d'un louveteau, cette nuit. Le vieux Riello assure qu'elles venaient d'ici.

– Laissez-moi tranquille.

Ahi ! se dit Garin. Est-il possible de manquer à ce point du sens de l'invention ? Lui vous aurait troussé un bon gros mensonge bien dodu, avec force détails imparables.

– Ah ! Tu ne nies pas ! s'écria aussitôt le maréchal-ferrant. Tu as un louveteau à la maison. C'est ton fils ?

– Mon fils ?... bégaya Jordane ahurie. Bien sûr que non. C'est...

– Jordane ! lança alors la voix du curé qui, comme à son habitude, se tenait un peu en retrait, si ce louveteau n'a aucun lien de sang avec toi, livre-le-nous !

... Aucun lien de sang avec elle ?... Mais ils étaient tous devenus fous ? Que croyaient-ils donc ? Tous fous !

Garin n'intervint pas. Jusque-là, même involontairement, il ne pouvait s'empêcher de supposer un fond de vérité aux convictions des villageois, mais là, leur démence lui apparut clairement. Il se jura alors de ne plus jamais douter de l'innocence de la jeune fille.

– Jordane, m'entends-tu ? cria encore une voix dehors.

Les petites se mirent à pleurer. Jordane avait refermé la fenêtre. De ses deux mains crispées, elle se bouchait les oreilles. Cela ne l'empêcha pas de saisir les dernières paroles du curé :

– Jordane ! Tant que tu ne nous auras pas livré le louveteau, je t'interdis d'assister à la messe.

– Assister ou non à la messe, ce n'est pas grave, consola Garin. Vous pouvez prier ici, ce sera pareil.

Le visage fermé, Jordane tournait toujours le rouet.

– Il vaudrait peut-être mieux renvoyer le louveteau à la forêt, proposa-t-il.

– Non, il ne sait pas chasser.

– Il ne survivrait pas ?

Jordane secoua la tête :

– Peut-être si la saison avait été différente, en mangeant des grenouilles ou des serpents. Mais par ce froid, toutes les proies sont terrées. De toute façon, ce n'est même plus la peine d'y penser : les autres loups le chasseraient, car il porte maintenant sur lui l'odeur de l'homme.

Elle se remit à filer nerveusement.

– Tiens ! lança Garin, je crois que c'est votre oncle qui arrive. Il porte un sac.

– Ah c'est toi, le scribe, ma nièce est-elle là ?

– Entrez.

– Il fait un froid redoutable. Je lui apporte un sac de fèves, de quoi tenir quelque temps.

– C'est généreux à vous.

– Je vous le rendrai, mon oncle, dès que les choses iront

mieux, promit Jordane en se défendant contre l'impression détestable d'avoir eu trop souvent à prononcer cette phrase ces temps derniers.

– C'est cela. C'est cela... J'ai appris qu'il y a un problème avec un louveteau.

– Que faut-il que je fasse, mon oncle ? Au village, ils croient... C'est affreux... ils croient que je suis sa mère, ou je ne sais quelle folie !

– Que faut-il que tu fasses ? C'est à toi de voir. Moi, à ta place, je ne les écouterais pas.

L'oncle repartit aussi vite qu'il était venu, et Garin remarqua alors qu'il claudiquait légèrement et qu'il avait une épaule plus basse que l'autre. A force, sans doute, de porter des sacs de farine.

Ne pas les écouter... L'oncle était-il de bon conseil ? Bien sûr, un homme solide pouvait résister aux pressions. En était-il de même pour une toute jeune fille de douze ans ?

Garin n'osait pas encore en parler, mais il avait terminé son travail au village. Bientôt, il faudrait qu'il reparte. Laisser Jordane dans cette situation ?

Off... Après tout, ce n'était pas son affaire. Il ne pouvait pas prendre en charge tous les malheurs de la terre, et partout où il passait, il entendait des histoires dramatiques.

Bon. De toute manière, aujourd'hui, dimanche, interdiction de travailler. Il irait à la messe, puisqu'il ne trouvait aucune excuse valable à présenter à saint Garin pour y couper. Et puis finalement, ça l'intéressait, de flairer l'ambiance du village. Il pourrait bien apprendre des choses importantes sur ce qui s'y tramait. La visite du maréchal-ferrant et du curé avait dû être l'objet de palabres, non ? Où en était-on ?

Il arriva comme la messe finissait de sonner, entra dans l'église le dernier, et se rangea du côté des hommes.

Il ne regretta pas d'être venu. Rarement messe fut plus intéressante. D'abord parce qu'on y chuchota tout le temps, ensuite à cause du sermon.

Les chuchotements portaient sur la mort d'un enfant de deux ans. Cette mort ne paraissait pas normale : passé sa première année, un nourrisson devenait plus résistant, on ne devait pas le perdre si facilement.

Quant au sermon, il avait commencé par une prière, où l'on demandait à Dieu et saint Hervé de protéger le village des loups et de ceux qui avaient commerce avec eux. C'est bien sûr cette dernière phrase qui attira l'attention de Garin, juste comme il s'apprêtait à s'assoupir un peu en attendant la fin de la harangue.

La suite était encore plus passionnante. Le curé évoqua une histoire édifiante, qu'un de ses paroissiens (qu'il ne nomma pas) avait rappelée au village. C'est dans un souci de justice, avertissait-il, qu'il voulait la raconter, car elle ne finissait pas ainsi que les paroissiens semblaient le croire.

– Je vous ai entendus évoquer entre vous l'histoire de la vieille loup-garou. Or, il faut la savoir complètement, pour ne pas se tromper dans son jugement. La voici donc. Une femme qui avait perdu deux enfants dans leur deuxième année et ne pouvait comprendre pourquoi, pensait à ces loups-garous qui, comme les vampires, sucent le sang des petits enfants. Aussi, quand son troisième enfant passa sa première année, elle jura de ne plus dormir pour surprendre le loup-garou. Elle n'eut pas à attendre longtemps : deux nuits après le premier anniversaire de l'enfant, la porte de la maison s'ouvrit et la femme vit avec effroi entrer sa vieille voisine, à cheval sur un loup. Le loup se dirigea vers le berceau, la vieille femme se pencha vers l'enfant... Aussitôt, la mère prit le couvercle brûlant de la marmite et le lui appliqua sur le visage. La vieille s'enfuit en hurlant.

Le lendemain, la mère ameuta tout le village, et on se rendit chez la vieille : aucun doute, elle portait sur la joue une brûlure affreuse. Sans réfléchir davantage, on se précipita pour la mener au bûcher.

Vous croyez que l'histoire s'arrête là, mais point du tout. La vieille niait tout, ne se rappelait rien. Alors, saisi d'un doute, on fit venir l'évêque... L'évêque était un saint homme, et très au fait des affaires de cette sorte. Il prit un rameau de buis, le trempa dans l'eau bénite et en aspergea la malheureuse en disant : « Satan, si tu te caches sous la peau de cette vieille femme, montre-toi ! »

Brûlé par l'eau bénite, voilà que le démon sortit, exactement sous la forme de la vieille femme. Il arracha sur la joue de l'accusée le morceau de peau noircie et l'appliqua à la même place sur sa propre joue. Puis il disparut dans un ricanement affreux.

Voilà comment la vieille fut sauvée... et voilà pourquoi je vous conjure, mes frères, de ne point juger sans savoir qui sont les vrais coupables.

Les auditeurs s'agitèrent.

– A mon avis, ici c'est pire ! cria une voix. Elle ne se contente pas de chevaucher un loup, je parierais fort qu'elle se transforme en loup, et voilà pourquoi nous avons retrouvé des brebis égorgées, et non dévorées.

– Mes frères ! lança le curé. Mes frères ! Prenez garde à vos paroles ! Veillez à ce qu'elles ne passent pas vos pensées, car on ne lance pas de telles accusations à la légère !

– Elle est mi-femme mi-loup ! Tout le monde le sait, et cette histoire de la femme à cheval sur le loup, ça veut dire la même chose, lança le maréchal-ferrant.

– Allons ! intervint le meunier, ma nièce a seulement été élevée avec les loups. Qu'il lui en reste quelque chose, forcément, mais de là à égorger les brebis !...

Le meunier avait-il l'impression de défendre sa nièce ? Vraiment, il ne s'y prenait pas bien. Ainsi, lui aussi était persuadé qu'il restait « forcément » quelque chose à Jordane ?

Il n'avait pas tout à fait tort : il restait à Jordane une compréhension du monde des loups, mais Garin ne croyait pas que cela puisse aller plus loin. Lui, il ne douterait pas de Jordane, il l'avait décidé. Par contre, les villageois pouvaient interpréter la phrase selon leurs propres convictions, et cela renforcerait leurs dangereuses certitudes.

Garin se sentit envahir par une inquiétude grandissante. Une toile d'araignée se tissait autour de Jordane, ... et les araignées mangent leurs proies après les avoir enfermées.

Le brouhaha évoquait plus une place de marché qu'un lieu de prière. Garin ne prit à aucun moment la parole : on ne tiendrait aucun compte de l'avis d'un étranger (qui de plus logeait chez l'accusée !), et il était inutile d'attirer la méfiance, et de risquer qu'on ne le tienne plus au courant de rien. Cela n'aiderait sûrement pas Jordane.

« Sois au courant de tout – c'était une de ses devises favorites – cela te permettra de te sauver de biens des ennuis. »

– Si c'est le diable qui a pris possession d'elle, s'exclama une femme, elle n'est pas responsable, d'accord. Cela n'empêche pas qu'il faut chasser le diable !

– Calmons-nous, dit le curé, j'irai la voir, et je saurai bien si Satan est en elle.

La messe à peine terminée, voilà le curé en habit de cérémonie, précédé de deux enfants de chœur agitant la clochette, celle qu'on sonne en portant les derniers sacrements aux mourants, et suivi par le village tout entier.

Sidéré, Garin, imaginant la terreur de Jordane lorsqu'elle verrait apparaître cet équipage, ne put s'empêcher d'intervenir.

– Vous n'allez pas arriver ainsi !

– Pourquoi ? Es-tu complice de cette fille ?

– Nullement. Je vous préviens justement que si vous faites ce tapage, elle va s'enfuir et vous ne saurez jamais rien.

– Qu'elle fuie ! cria quelqu'un.

– Non ! Elle pourrait rôder et devenir encore plus dangereuse.

Le curé s'arrêta, ôta son étole et sa chasuble, congédia les enfants de chœur et leur clochette, et puis finalement tout le cortège.

Enfin, le visage sévère, il traversa à grands pas la prairie qui séparait le village de la petite maison, suivi par le seul Garin, qui aurait volontiers imité sa démarche de coq déplumé, si l'heure n'avait été aussi grave.

Le curé brandissait dans une main la croix, dans l'autre le rameau de buis béni. C'était à pouffer de rire... enfin, si l'heure n'avait pas été aussi grave.

– Jordane Prigent ! lança-t-il à la porte fermée, en tenant son crucifix devant son visage, comme pour se protéger.

Garin imagina Jordane à demi morte de peur, cachant le louveteau dans la remise.

Le curé ne semblait vraiment pas à l'aise. Quand la porte s'ouvrit, il resta un moment immobile, la bouche ouverte, avant de parvenir à lancer un retentissant :

– Jordane !

Visiblement emporté par son élan, il n'avait prévu aucun discours. Peut-être était-il persuadé que Jordane reculerait avec horreur à la vue du crucifix, or il n'en fut rien. Et même, sans toucher l'objet de ses mains, elle baisa, comme elle le devait, les pieds du Christ sur sa croix. Le curé en fut décontenancé.

– Je… Sais-tu bien tes prières ?

– Lesquelles ? souffla Jordane soulagée que ce soit là l'objet de sa visite.

– Toutes. Tu sais que je dois visiter régulièrement mes paroissiens pour vérifier qu'ils les connaissent. S'ils hésitent ou bafouillent, ils doivent tout réapprendre, sinon, vingt deniers d'amende par prière mal sue.

Un peu stupéfaite, Jordane commença :

– Credo in unum deum…

Garin repassait dans sa tête tous les mots de la prière en même temps que Jordane les disait, tremblant à part lui qu'elle ne se trompe. Mais non, c'était parfait jusqu'au bout.

– Et les sept péchés capitaux, les sais-tu ? grogna le prêtre un peu décontenancé.

– Orgueil, envie, colère, paresse, avarice, luxure et gourmandise.

– Les vertus cardinales ?

– Justice, prudence, tempérance, courage.

– C'est bon, arrêta le curé qui semblait tout à la fois soulagé et ennuyé.

C'est qu'il était responsable de la foi de ses paroissiens, lui et des interventions du diable ! Ça, c'était le plus terrible. Il songea à certaine fontaine, du côté de la ville de Fougères, où l'on pouvait jeter les suspects. S'ils étaient coupables, la fontaine les renvoyait aussitôt, car une fontaine sacrée ne peut admettre le moindre soupçon d'impureté.

Cela aurait été bien pratique, d'avoir cette fontaine ici. On aurait enfin su la vérité.

Deux ou trois fois, sans en avoir l'air, il agita son rameau de buis béni en direction de Jordane.

– Vous avez une crampe dans le bras, demanda innocemment Garin, que vous l'agitez sans cesse ?

– Oui... J'ai... C'est la vieillesse. Alors parfois...

Il fit le geste de bouger avec difficulté son épaule.

– Priez donc saint Garin, proposa le garçon avec grand sérieux. Il est très efficace pour les maux qui ne savent pas dire leur nom.

Du temps qu'il était chez ses parents, Garin se rappelait qu'un de ses frères avait un tic : il se passait sans arrêt la main sur le visage. Garin et ses plus jeunes frères

s'étaient amusés à lui enduire la main de suie pendant son sommeil. Quand la fiancée du garçon était arrivée, les trois jeunes avaient failli passer un fort mauvais moment, seule leur agilité les avait sauvés. Bah ! Se battre était risqué, s'esquiver restait la tactique la plus sûre et la moins douloureuse.

Mais Jordane pouvait-elle s'esquiver ?

Sur le haut de la colline, deux mains noires grattèrent la neige. La peau de loup était bien toujours là. Elles s'en saisirent. Les yeux scrutèrent l'horizon à droite et à gauche. On ne percevait que le balancement des ajoncs où se déchirait le souffle court du vent du nord.

Là-bas, le village tremblait. Et la maison, toute seule, se recroquevillait. Bientôt tout serait fini.

# 13

## Le biniou

Ils avaient tort de croire que tout irait bien, maintenant que le curé avait copieusement aspergé d'eau bénite Jordane et sa maison : quand la peur tient au ventre, les mots seuls ne peuvent en venir à bout. Loup-garou ou pas, il était clair que Jordane attirait les loups. Ces sales bêtes passaient presque toutes les nuits à l'orée de la forêt. Personne ne souhaitait s'aviser qu'après tout, l'orée de la forêt ne se trouvait pas plus proche de la maison solitaire que du village lui-même, et que les loups avaient de fort bonnes raisons d'en vouloir aux villageois, qu'ils semblaient guetter de leurs yeux brillants.

Le plus étrange, c'était qu'aucun loup ne se soit encore fait prendre au piège de la chèvre qui pourtant, lasse d'être enfermée, bêlait désespérément. Que voulaient-ils donc, si ce n'était manger ?

Cette attente devenait terrifiante. Les loups n'attaquaient pas, ils veillaient. Plus question de mener les porcs à la glandée, ni d'aller chercher du bois. Et envoyer Jordane leur parler, ce n'était plus possible : elle pouvait les lancer sur eux, ou n'importe quoi – maintenant qu'on avait commencé à la malmener, on se trouvait dans une situation inextricable. On osait à peine aller et venir. On plaça jour et nuit des guetteurs dans le clocher.

Le curé l'avait dit : Jordane savait ses prières. Il l'avait entendue ensuite en confession et, sans en trahir le secret, il pouvait affirmer qu'elle n'avait rien à se reprocher. Le louveteau ? Il ne l'avait pas vu, mais cela ne signifiait pas qu'il ne fût pas là.

On ne pouvait être sûr de rien, toutefois on aurait été rassuré que la fille s'en aille. Seulement, Macé Prigent, le meunier, la défendait : il refusait qu'on l'oblige à vendre et à quitter le village. C'était l'héritage de son père, disait-il, et ils auraient des comptes à rendre à Huet s'ils la chassaient.

Que faire ?

Le curé réfléchissait à tout cela en regardant sa servante nettoyer le vitrail de l'église, qui représentait le grand saint Nicolas ressuscitant trois enfants que le boucher avait tués et mis au saloir. Il avait, lui aussi, à protéger des âmes. Il ne fallait pas que cette affaire de loups et de Jordane ne mène ses paroissiens à commettre quelque faute irréparable.

Sa servante – une vieille sourde – en était à laver le visage des enfants, du même geste que s'ils avaient été vivants, quand elle se retourna brusquement pour s'écrier de sa voix forte, propre à ceux qui entendent mal :

– Dites, la Jordane, elle a bien payé la taillée ?

Le curé hésita. Non, il n'avait pas demandé à la jeune fille de payer la taxe pour l'église, car il savait qu'elle n'en avait pas les moyens.

– Il n'y a pas de raison ! cria encore la vieille.

Ce n'était pas totalement faux. Le curé réfléchit : si

Jordane ne payait pas, elle serait excommuniée. Peut-être cette crainte la pousserait-elle à quitter le village ? Ce serait sans doute le mieux pour tout le monde. En plus, cela lui sauverait probablement la vie dont lui, le curé, ne pouvait plus répondre. Il estima son raisonnement fort bon : il lui retirait le poids qu'il avait sur la poitrine.

Tout allégé, il se leva et quitta l'église.

Il trouva Jordane dans le jardin, où elle coupait les choux restés en terre, pour les rentrer avant les grands froids.

– Je vois, dit-il, que tu as su cultiver quelques légumes.

– Ma mère l'a toujours fait, répondit-elle. Je le fais aussi... mais moins bien qu'elle, car je n'ai pas su prévoir de quoi tenir tout l'hiver.

– Tes petites sœurs n'ont sans doute pas gros appétit. Tu as bien une vache ?

– Oui.

– Qui te donne assez de lait ?

– Assez pour nous.

– Tant mieux, tant mieux, conclut le curé en se frottant les mains sans s'en apercevoir, cela me coûtera moins de te demander ce que tu dois pour payer la taillée.

Jordane déposa sur le sol le chou qu'elle venait de couper, et se redressa lentement. Enfin, sans regarder le curé, elle demanda d'une petite voix :

– Combien cela fera-t-il ?

– Cinq sous, dit le curé avec un léger remords (aux jeunes et aux veuves, il ne demandait généralement que deux sous)

Jordane ouvrit légèrement la bouche, mais elle ne dit rien.

– Et les cinq sous que tu me dois de l'an dernier, ce qui fait dix.

Le cœur du curé se mit à battre trop fort. Allons ! Il ne fallait pas céder : il faisait cela pour le bien de tous.

– Je comprends, poursuivit-il, que ce soit difficile pour toi, mais personne ne pourrait admettre que je ne te le demande pas, comme aux autres.

Jordane baissa les yeux.

– Ne crois pas que ce soit trop cher, reprit le curé. Vois mon église : je n'ai qu'un chandelier de simple cuivre ; le calice et l'encensoir sont en plomb. Dans certaines paroisses, la taillée est beaucoup plus coûteuse. Sois heureuse que nous n'ayons ni orgue ni horloge, ni même un manteau pour les mariées, et que je ne fasse pas venir de prédicateur pour le carême.

Le curé s'interrompit : un prédicateur, ce serait une bonne idée ! Un prédicateur voyait le monde, il était habitué à toutes sortes de situations. Outre qu'il saurait parler à ses paroissiens, il serait sans doute de bon conseil.

– Toutefois, reprit-il, je suis obligé de percevoir toutes les taillées en retard, ne serait-ce que pour faire une clôture au cimetière. Ces tombes, tout autour de l'église,

sans délimitation aucune, je trouve ça inconvenant. Les chiens traversent, et y lèvent même la patte. Cela ne peut pas rester ainsi. C'est pourquoi je suis obligé de te demander les dix sous. Faute de quoi, je suis tenu de t'excommunier.

– Je pourrais, proposa enfin Jordane d'une voix faible, fournir de la paille et du jonc coupé pour le sol de l'église, faire quelques travaux, tisser une nappe d'autel avec le lin qui me reste...

– C'est de l'argent, qu'il me faut, pas autre chose. Dix sous.

– Je les donne ! dit une voix venant de la maison.

Le curé se retourna d'un bond. Le scribe ! Il le foudroya du regard. De quoi se mêlait-il, celui-là ?

Garin fut ravi de son succès, et la tête que faisait à ce moment l'homme d'Église le remboursait largement du sacrifice qu'il venait de consentir, celui de la totalité de ses économies.

– Je ne sais... bredouilla le curé, si ça vaut... Chaque paroissien doit effectuer un geste personnel.

Là, il exagérait !

– Vous m'avez mal compris, reprit Garin, je n'ai pas dit que je payais la dette, je suis venu avertir Jordane que je lui donnais les dix sous qu'elle m'avait demandés pour sa huche. Elle a donc les dix sous et peut vous payer.

Le visage du curé fut soudain agité d'un tic nerveux, qui lui fit hausser les sourcils à plusieurs reprises.

Garin eut une grimace ironique :

– Avec cet argent, vous pourrez même acheter un manteau pour les mariées.

– Je n'achète pas de superflu ! lâcha le curé, les lèvres pincées.

– J'aurais cru. Mais maintenant que vous avez de l'argent, je peux vous proposer de commencer à écrire votre registre de baptêmes.

– Je sais écrire moi-même ! grogna le curé, et qu'est-ce que votre registre ?

– Cela se fait dans de nombreuses paroisses. Chaque église tient la liste des baptêmes, avec les dates, comme ça les gens sont bien certains d'avoir été baptisés, et même ils peuvent savoir précisément leur âge !

– Je n'ai jamais entendu parler de cela. Et maintenant laissez-moi, je vous prie, avec vos dépenses inutiles. Je dois faire la clôture du cimetière et croyez-moi, ces dix sous sont loin d'y suffire ! Il faut que je continue ma tournée.

Il saisit rapidement les pièces que Garin avait déposées sur le sommet d'un chou et sortit d'un pas nerveux.

Garin coupait du bois, en partie pour rendre service, en partie pour se distraire de ses incertitudes. Il ne pouvait demeurer ici éternellement, il ne pouvait non plus se décider à partir, pressentant que des événements terribles pouvaient bien survenir.

– Oh ! Quelqu'un ! Quelqu'un !

Surpris, Garin planta sa hache sur le billot, enferma rapidement le louveteau dans la remise, et reprit sa hache avant de crier :

– Ici ! Derrière la maison !

Un homme, noir comme un diable, apparut. Il gesticulait de façon inquiétante. Ouf ! Ce n'était qu'un charbonnier.

– Il me faut de l'aide. Il y a un homme, là-bas, qui est tombé dans un piège à loups.

– Il ne peut sortir ?

– Il est avec un loup.

Garin comprit alors qu'il s'agissait d'un simple trou dans le sol, et non du piège à la chèvre.

– Si on n'intervient pas, il va se faire bouffer !

A ce moment, Jordane arriva avec les deux seaux d'eau qu'elle était allée chercher à la fontaine.

– Un loup dans un piège est facile à maîtriser, dit-elle, parce qu'il a peur.

– Au début oui, acquiesça le charbonnier, mais là, ça fait longtemps qu'il s'y trouve. Il faut se dépêcher. Venez aussi, dit-il à Jordane, nous ne serons pas trop de trois.

Garin vit la jeune fille hésiter (ne craignait-elle pas d'avoir à se trouver face à un loup ?) avant de se décider à les suivre. Ils s'enfoncèrent tous trois dans les bois. De jour, ils espéraient que le danger était moindre.

Ils surent qu'ils se trouvaient près du but en entendant le son d'un biniou.

– N'arrêtez pas ! s'écria le charbonnier, nous voilà !

Le piège était profond et, fort heureusement, on ne l'avait pas hérissé de pieux. Le loup, acculé dans un coin, montrait des dents féroces. Se tenant le plus loin possible de lui, un jeune homme soufflait, avec les pauvres forces qui lui restaient, dans un biniou.

Le son de l'instrument faiblissait de plus en plus. Seul celui qui n'a jamais essayé de tirer un son d'un biniou peut ignorer pourquoi. L'homme n'avait plus de souffle. Il était rouge comme la crête d'un coq, et ses yeux commençaient à s'exorbiter.

Le charbonnier savait ce qu'il fallait faire. C'est que des loups, il en avait vu dans sa vie ! Même qu'on disait que de croiser leur regard enrhumait, et que ce n'était pas vrai du tout, car lui en avait souvent croisé, de ces regards

inquiétants, même s'il était toujours protégé par des feux qu'il ne laissait jamais s'éteindre.

– Toi, la fille, ordonna-t-il, prends une branche feuillue, et tiens le loup à distance, pendant que nous aidons celui-là à remonter.

Jordane cassa rapidement une ramure de sapin, et se pencha vers le loup. La bête, les oreilles plaquées en arrière, semblait effrayée.

Il se passa alors une chose incroyable : la branche, au lieu de contenir le loup dans son coin, lui servit de pont. Il y prit appui, s'arc-bouta et, d'un solide coup de rein, sauta sur le bord du piège. En trois bonds, il avait disparu.

– Tudieu ! cria le charbonnier, il nous a échappé !

Le musicien réunit ses dernières forces :

– Sortez-moi de là, je vous en prie.

Garin et le charbonnier le saisirent chacun par une main et, d'un mouvement énergique, le ramenèrent sur la terre ferme.

– Dommage ! grogna le charbonnier en contemplant les bois d'un air mécontent. J'aurais pu m'en faire une veste, de sa peau. La peau de loup est la seule qui fasse fuir puces et punaises. Tudieu ! je ne comprends pas comment elle a pu sortir, cette sale bête.

Et il jeta à Jordane un regard indéfinissable, comme s'il était en train de réaliser qui elle était.

– Les loups sont drôlement malins, intervint aussitôt Garin pour l'empêcher d'aller plus loin dans sa réflexion, j'en ai vu qui...

Il n'eut pas à inventer en vitesse une histoire qui ait l'air de tenir debout, car le musicien confirma aussitôt :

– Il était très malin, ça se voyait dans ses yeux.

Ouf... On oubliait le geste de Jordane. ... Car Garin était persuadé qu'elle avait aidé le loup, peut-être pas consciemment, sûrement sans le vouloir vraiment, mais elle lui avait donné une chance de sortir du trou, et il la comprenait.

– C'était un drôle de loup, reprit le musicien. Quand je suis tombé dans le trou, il y était déjà. D'un coup, il m'a mordu, et puis il s'est retiré dans son coin. Ensuite, en voyant que je ne brandissais pas d'arme contre lui, il a passé tout son temps à regarder en haut, les bords du piège, pour chercher un moyen de s'enfuir. Et de temps en temps, il m'observait de ses yeux luisants, et il se léchait la patte. Sûr qu'il réfléchissait.

– Il n'avait pas la rage, au moins ? demanda le charbonnier.

– ... Crois pas. S'il m'a mordu, c'est seulement parce qu'il a été surpris quand je suis tombé. Enfin, il me semble. Après, de peur qu'il ne recommence, j'ai pris mon instrument et j'ai soufflé pour le tenir à distance.

– Pour plus de sécurité, conseilla Garin, vous devriez arroser votre blessure à l'urine.

– Et manger de l'ail ! renchérit le charbonnier. La rage, il n'y a rien de plus terrible. A la ferme des Jacquet, voilà trois ans, on a été obligé d'étouffer le vieux avec un oreiller pour abréger ses souffrances.

– Ce n'est peut-être pas la peine de lui raconter des choses pareilles, fit remarquer Jordane.

– Bah ! soupira le joueur de biniou, je sais cela mieux que tout le monde, mais ce loup n'était pas malade. Des bêtes enragées, j'en ai vu dans mes voyages ! ...Aidez-moi à me relever, il faut que j'aille soigner ça.

– Cela fait-il longtemps, que vous êtes sur la route ? s'intéressa Garin en reconnaissant en lui un confrère, un homme des grands chemins.

– Dix ans peut-être. Je loue mes services pour les mariages.

– Emmenons-le chez vous, proposa le charbonnier, vous avez sûrement ce qu'il faut pour soigner les blessures.

Garin comprit le silence embarrassé de Jordane.

– Non, dit-il en songeant au louveteau dans la remise, il vaut mieux aller au village, il y a des vieilles qui s'y connaissent bien en morsures.

Jordane le remercia du regard. Elle ignorait pourquoi, mais ce garçon venait toujours à son aide, et avec une grande présence d'esprit. Un jour, elle lui rachèterait la huche (qu'en ferait-il ?) ... dès qu'elle aurait vendu la récolte de blé... Oui, mais la récolte n'aurait lieu que dans plusieurs mois, et lui, où serait-il alors ?

... Car bien sûr, il allait partir. Pas aujourd'hui, pas demain peut-être, mais bientôt, forcément. Alors, elle serait toute seule contre ceux du village.

Elle écouta Garin et les musiciens parler des endroits d'où ils venaient, des choses qu'ils avaient vues, des auberges au bord des routes, un Cheval Blanc et un Lion-qui-dort. Ils étaient du même monde. Pas elle.

Elle, elle était d'ici. Il fallait qu'elle reste.

Ils étaient partis au village. Elle regarda le ciel se couvrir à nouveau. Il faisait trop froid pour qu'il neige.

Elle serra ses mains l'une contre l'autre. Elle les sentait gelées, et le sang s'était retiré de plusieurs de ses phalanges. Elles les considéra d'un œil absent et replia lentement les doigts dans le creux de ses mains. Elle voyait comme la patte d'un loup. Les poils durs de la patte d'un loup.

# 14

## Des nouvelles accablantes

On eut tôt fait de savoir qu'un loup s'était échappé du piège. On ne voulait pas dire, mais enfin, par hasard, Jordane était présente, et même elle tenait la branche.

Jordane n'osait plus sortir de chez elle. Avait-elle fait exprès, d'aider le loup à fuir ? Elle-même ne le savait pas. Ce qu'elle sentait, c'était seulement un grand soulagement que ce loup ne soit pas mort. Elle avait rencontré son regard traqué, et alors... alors voilà, le loup s'était évadé. L'avait-il ensorcelée ?

Elle ferma les yeux et essuya les larmes qui coulaient sur ses joues. Depuis quelque temps, elle faisait des rêves terribles. Elle voyait des brebis égorgées, et elle voyait ses mains comme des pattes de loup. Elle ne percevait jamais son visage. Elle voulait passer ses mains dessus, et elle ne pouvait pas, parce que ses mains n'avaient sur la paume que des coussinets.

Lorsqu'elle s'éveillait de ses cauchemars, l'envie la prenait de s'enfuir dans la forêt et de se précipiter au fond d'un piège si profond qu'on ne retrouverait jamais son corps.

– Jordane, supplia une petite voix. Je peux manger le fromage ?

Ramenée à la réalité, la jeune fille se leva pour servir la petite. Le fromage grouillait de vers, et les vers, c'était bon pour la santé ; c'était nourrissant et on ne savait pas s'il y aurait encore à manger pendant bien longtemps. Dieu avait si bien organisé le monde que la viande des vers remplaçait la part de fromage qu'ils avaient dévorée.

Jordane se remit à son travail. Elle tressait un panier pour le pain béni, à l'église et elle ferait ensuite une couronne pour la Vierge, dont la statue se trouvait à gauche de l'entrée. Elle ne se croyait pas en faute vis-à-vis de Dieu, mais elle ne savait pas s'Il était de son côté ou du côté des villageois. Jugeait-Il aussi que c'était mal, d'avoir laissé le loup s'en aller ?

Il y avait peut-être pire que cela, mais elle ne voulait pas y penser. Non ! Elle n'était pour rien dans la mort des brebis. Non !

Comme s'il comprenait ses soucis, le louveteau vint se frotter à elle. Elle lui gratta doucement la tête.

Dehors, une course, sur le sol gelé. Garin se précipita dans la maison.

– Le louveteau ! cria-t-il.

Sans rien dire d'autre, il saisit dans ses bras l'animal tout surpris, lui ferma énergiquement le museau de la main, et s'enfuit par la remise.

Jordane en resta déconcertée. Il y eut un petit temps de silence, puis la porte s'ouvrit de nouveau violemment, et le maréchal-ferrant s'y encadra en hurlant :

– Où est-il ?

Jordane, effarée, crut qu'il parlait de Garin, mais non ! Brandissant une serpe qu'il tenait bien en main, il reprit d'une voix pleine de fureur :

– Où est le louveteau ?

– Il s’est enfui dans la forêt, dit-elle.

Le maréchal-ferrant émit un grognement en se tournant vers quelqu’un qui se tenait derrière lui et qui remarqua :

– Voyez… c’est ce que vous avait dit le scribe.

Jordane ne reconnaissait pas cette voix : c’était celle du joueur de biniou.

Sans répondre, le maréchal-ferrant pénétra dans la maison, et fouilla partout. Il n’y avait rien à trouver.

– C’est bon, gronda-t-il sur un ton qui démentait ses paroles, et qu’il ne revienne jamais !

Et il ressortit, suivi du musicien.

Jordane tremblait maintenant rétrospectivement de la peur qu’elle avait eue. Un vent glacial s’engouffrait par la porte. Elle voulut se lever pour la refermer, mais quelqu’un la poussait déjà. Effrayée, elle recula : il y avait là un homme qu’elle n’avait jamais vu, petit et contrefait, et qui portait un grand panier en bandoulière.

– Je suis colporteur, dit-il en saluant de loin.

Jordane secoua la tête. Elle avait du mal à respirer :

– Je ne peux rien acheter…

– N’ayez pas peur, dit l’homme, je m’appelle Thébaud. Je suis un ami de François-le-biniou. Je l’ai rencontré là-bas, près des palissades. Il venait de me présenter Garin – vous savez, entre gens de la route, on se serre les coudes – quand nous avons appris que le village avait décidé d’envoyer le maréchal-ferrant tuer votre louveteau. Garin nous a demandé de le retenir un peu et il est parti en courant. Il ne fallait pas être bien malin pour ne pas comprendre.

– Comprendre… répéta Jordane oppressée.

– Comprendre que ce louveteau n’avait pas regagné sa forêt comme Garin le prétendait. A notre idée, le scribe est venu ici, et il a filé avec la bête.

– Qu'est-ce qui vous fait croire ça ? souffla Jordane péniblement.

– Moi, dit le colporteur comme s'il n'avait pas entendu, votre histoire m'intéresse. Si vous avez un louveteau, vous ne pouvez pas le laisser repartir dans la forêt avant qu'il ne soit adulte.

C'était exact. Jordane en avait les larmes aux yeux. Et pourtant, maintenant elle ne pouvait plus le garder ici, où sa vie était en danger.

– Laissez-le moi, proposa l'homme.

Jordane le regarda sans saisir le sens de ses paroles.

– Laissez-le-moi. J'ai déjà eu un loup, autrefois. Il est mort et je suis seul. Je voulais prendre un chien... mais si vous voulez bien me donner ce louveteau... il sera bien avec moi, et moi bien avec lui. La route, ce n'est pas toujours agréable, tout seul, ni très sûr. Avec un loup à mes côtés, je ne crains personne.

– Mon Dieu... bégaya Jordane.

A ce moment, Garin entra, le louveteau toujours dans les bras.

– Je n'ai pas pu l'abandonner, avoua-t-il, je n'ai pas su trouver un endroit.

Vrai... C'était toujours trop près ou trop loin, ou trop dangereux, ou trop découvert...

– C'est bien, dit Jordane avec sérénité. Regardez...

Le petit homme avait déjà pris l'animal dans ses bras, et l'animal le reniflait avec une espèce de satisfaction.

– Je vous le donne, dit Jordane en s'approchant pour gratter la tête du petit loup, et jamais cadeau ne m'a autant soulagée. Partez vite, je vous en prie, que personne ne vous voie avec lui.

– Ne craignez rien, personne ne s'attaquera à moi, ils ont trop peur, car le bruit court que je suis un peu sorcier.

Comme si, lorsqu'on a le corps tordu, l'esprit se tordait aussi… Viens mon beau…

Il sortit de son panier une grande ficelle et y fit une boucle, qu'il passa au cou du louveteau.

– Viens mon beau, répéta-t-il.

Et il sortit sans se retourner. Le petit loup le suivait, trottinant, et flairant de temps en temps le bas de ses chausses de grosse toile.

– Ça me fait quand même un peu de peine, soupira Jordane.

– Moi, ça me soulage ! assura Garin, car vous aurez un problème de moins. Et comme il n'y a plus de travail et qu'il faut que je reparte…

Il avait dit tout cela d'un trait.

– Vous… vous y êtes obligé ?

– Je suis obligé de gagner ma vie.

– C'est à cause de moi, n'est-ce pas ? Je vous ai mangé toutes vos économies.

– … Mais maintenant, je suis propriétaire d'une superbe huche ! s'exclama Garin en riant. …Toutefois, je crois que je ne vais pas l'emmener tout de suite.

Il trouva que son rire sonnait faux. Il laissait Jordane seule… Mais enfin, il fallait bien que ça arrive un jour : sa vie n'était pas ici !

– Je vais ranger mon écritoire, annonça-t-il. Tiens ! l'encre est gelée. Comme ça, au moins, je ne risque pas de la renverser.

Jordane tenta de sourire.

– Bien, dit-elle, je vous dis au revoir dès maintenant, car mon oncle m'a demandé de passer le voir lorsque midi sonnera. Je souhaite que la route vous soit bonne, et je vous remercie pour tout.

« Je n'ai aucune raison de rester », se répétait Garin.

– Je reviendrai, promit-il, au moins pour profiter un peu de ma huche. Prenez-en grand soin... et de vous aussi.

Jordane ouvrit la porte sans rien ajouter. Il partait, c'était normal. Elle ne voulait surtout pas être pour lui une charge, il en avait assez fait. Enfin, elle se retourna et lança d'une voix gaie :

– Adieu !

Il répondit d'un signe. Non, vraiment, il ne pouvait chasser cette mauvaise impression... Bah ! C'était à cause du temps, peut-être. Cet hiver qui pointait ne lui disait rien qui vaille.

Jordane longea la rivière. Le moulin était assez éloigné, mais le chemin était facile, car il suffisait de suivre le cours d'eau. Plus loin là-bas, il se jetait dans un étroit ravin.

Comme la pente était importante, et que l'eau filait à grande vitesse, c'est là qu'on avait installé le moulin. Un peu avant le moulin, de grosses pierres assises dans la rivière avaient vite transformé l'endroit en lavoir. Et pourtant, parfois l'eau y était si vive et agitée qu'on ne pouvait se permettre la moindre distraction. Si le linge s'échappait, il flottait un moment sur l'eau, s'engouffrait entre deux pierres avant de réapparaître plus loin, et là, on ne pouvait plus rien : inexorablement, il finissait déchiqueté par la roue du moulin. Sans compter que le meunier exigeait un dédommagement parce que, à ce qu'il disait, ça abîmait les aubes.

Les lavandières qui, de leurs mains rouges et crevassées, cassaient la glace tout autour des pierres pour libérer l'eau, se retournèrent sur son passage. Les voix se turent. On la suivit des yeux.

De l'autre côté de la rivière, une femme jeta son seau d'excréments sur son champ, puis elle cracha pas terre sans cesser de regarder Jordane. La jeune fille s'en sentit souillée, comme si elle avait reçu le tout en pleine figure. Oh ! mon Dieu, je n'ai rien fait. Vous le savez. Vous ne pouvez Vous détourner de moi.

Deux fillettes, en train de s'épouiller mutuellement en attendant que leur mère ait fini son travail, pouffèrent de rire.

Jordane passa. Un peu trop raide, les lèvres trop serrées. Elle continua jusqu'à se trouver hors de portée des regards. Là, elle s'arrêta. Elle ne voulait pas arriver trop tôt et son oncle avait dit midi : l'heure à laquelle il sortait un peu de chez lui pour échapper au vacarme éprouvant des rouages.

La cloche de l'église sonna.

– Oncle Macé, je suis là.

– Ah ! Jordane ! je suis content de te voir. Voilà ce que j'ai à t'annoncer : ton père est en route pour Rome.

– Rome ! s'effara Jordane – elle ignorait où la ville se trouvait, mais c'était loin. Comment l'avez-vous su ?

– Par le messager du seigneur. Il a rencontré un pèlerin qui lui a dit avoir vu ton père.

– Où l'a-t-il rencontré ?

– A Conques, où l'on conserve les restes de sainte Foy.

Jordane laissa retomber ses bras le long de son corps et soupira :

– Il va à Rome…

Puis, relevant la tête :

– Combien croyez-vous qu'il faille de temps, pour aller et revenir ?

– Comment le saurais-je ? Mais je ne t'ai pas tout dit : après Rome, il compte poursuivre jusqu'en Terre sainte.

Jordane demeura sans voix. La Terre sainte ! C'était fini pour elle. Elle ne tiendrait pas jusque-là. D'une voix expirante, elle souffla :

– Mon oncle...

– Rentre chez toi, maintenant, et prie Dieu pour garder courage.

Le meunier regarda sa nièce s'éloigner. Il ôta son bonnet et se gratta le front.

Jordane remonta par les landes. Elle ferait un grand tour pour ne pas rencontrer les lavandières, elle ne voulait voir personne. Personne. Elle voulait être morte.

Sur la colline, la silhouette ramassée arrondit le dos. Les mains crochues déployèrent la peau de loup, et le visage maculé de boue disparut derrière la gueule aux dents menaçantes.

Jordane avait marché, elle ne savait pas où, sur le chemin. Elle s'assit sur une pierre et se mit à pleurer.

– Eh bien ! Quand il ne pleut pas, vous faites pleuvoir !

Garin se tenait devant elle. Bien sûr, c'était son chemin pour partir ! Il portait sa gourde et son sac, et son écritoire dans le dos.

– J'ai eu des nouvelles... Mon père ne sera pas de retour avant de longs mois, des années peut-être. Il est parti pour Rome et la Terre sainte, quelqu'un l'a rencontré à Conques.

Et elle lui répéta toutes les paroles du meunier. Garin réfléchissait.

– Écoutez, dit-il, il faut que j'aille au prochain village, mais je reviendrai ensuite voir si tout va bien.

Puis, donnant un coup de pied dans un caillou, il lança gaiement :

– Avec un peu de chance, les loups auront dévoré quelques-uns de vos charmants voisins, et les testaments seront à modifier.

Jordane n'avait pas le cœur à rire, et pourtant elle se sentit tout de suite un peu mieux. Garin avait le don de soulager ses angoisses.

– Un jour, reprit celui-ci en s'asseyant près d'elle, je passais dans un chemin quand je vois un âne, qui attendait patiemment, son bât sur le dos. Je m'arrête, et c'est alors que j'entends des coups sourds vers le haut. Je lève la tête, et je vois un homme dans un arbre. Il est en train de couper une grosse branche, sur laquelle il est assis. Je reste là, à le regarder en rigolant, et puis je lui crie :

– Eh ! L'homme ! Je parie que dans moins de temps qu'il ne faut pour dire trois Ave, tu tombes de ta branche !

Le bonhomme hausse les épaules et continue son ouvrage ... Évidemment, au dernier coup de cognée, voilà la branche qui cède et le bonhomme qui tombe avec.

Moi, j'étais déjà reparti. Il me court après et il me dit :

– Vous m'aviez bien prévenu que je tomberais. Vous êtes donc devin ?

Moi, je me contente de rire, mais le bonhomme est sérieux. Il me demande :

– Vous savez peut-être quand je vais mourir ?

– Boh ! dis-je en riant toujours, probable que tu mourras au troisième pet de ton âne.

Et je m'en vais.

L'année suivante, je repasse par là, et c'est alors que j'apprends la suite de l'histoire. Ma « prophétie » avait fait grosse impression sur le bonhomme, si bien qu'au premier pet de son âne, il fut tout paniqué. Il courut de

droite de gauche pour demander conseil : que fallait-il donner à manger à son animal pour qu'il ne produise plus ce bruit tant redouté ?

On lui conseilla ceci, et cela... Jamais on ne se préoccupa autant de la nourriture d'un âne. Hélas ! quelques jours plus tard, la bête émit un deuxième pet, retentissant. L'homme vit sa dernière heure venue. D'angoisse en désespoir, il trouva enfin une solution extrême : il boucha le derrière de son âne avec un morceau de bois.

Trois jours après, il chargea la bête pour se rendre au marché. Malheureusement, il y avait une pente très dure pour arriver à la ville et l'âne fit un trop gros effort. Pah ! Il péta si fort que le bout de bois partit d'un coup, et frappa l'homme qui le suivait en pleine poitrine. L'homme tomba dans le fossé et ne bougea plus, sûr qu'il était mort.

Sa femme et son fils aîné, ne le voyant pas revenir, s'inquiètent. Où est-il donc passé ? L'âne est rentré tout seul à la maison.

Ils s'en vont vers la ville, en regardant bien partout et, à un moment, ils arrivent à un embranchement. Là, il y a deux possibilités : on peut prendre l'une ou l'autre route, pour arriver au marché.

– Par quel chemin passer ? demande alors le fils.

Le bonhomme, qui était là dans son fossé, en put s'empêcher de dire :

– Moi, de mon vivant je prenais toujours à droite.

... Et c'est comme ça qu'on le retrouva. Mais à ce qu'il paraît, on eut bien du mal à lui faire admettre qu'il était toujours vivant.

Et voilà... tant qu'on n'est pas mort, c'est qu'on est encore vivant ! Vieux proverbe béarnais traduit du gallois par saint Garin, finit Garin en riant. Maintenant, il faut que je m'en aille.

Tant qu'on n'est pas mort... Jordane eut un sourire timide. Garin avait-il inventé cette histoire ? L'avait-il vraiment vécue, ou la lui avait-on racontée ? Quelle importance ? Elle lui avait desserré un peu l'étau qui l'empêchait de respirer.

Elle se sentait mieux. Son père était au loin ? Tant pis, il ne fallait plus attendre son retour, mais tenter de se débrouiller sans lui. Si le village pouvait juste la laisser en paix...

– Bonne chance ! lança Garin en s'éloignant.

Mais de la chance, il lui en faudrait beaucoup, surtout quand on aurait découvert...

# 15

## Un drame

Garin n'était pas tranquille. Jamais il n'avait eu autant de mal à partir. Sans savoir pourquoi, il se sentait coupable. Mais enfin... de quoi était-il responsable ? De rien ! De rien.

Bon, et puis il reviendrait sans tarder, au moins pour prendre des nouvelles. Cette pensée le rasséréna un peu. Lui qui était l'insouciance même, qui n'avait eu jusqu'à présent à se préoccuper que de sauver sa propre peau, voilà qu'il se voyait tracassé par l'avenir d'autrui ! Et puis d'ailleurs, que pouvait-il arriver à Jordane ? Pas de mourir de faim, quand même ! Au pire, elle vendrait un lopin de terre pour survivre ; bien peu de pauvres avaient cette chance. Non, il ne pouvait rien lui arriver dans l'immédiat. Il avait peur d'un autre danger... mais il ne voulait pas se l'avouer. Il fallait qu'il parte. Il le fallait.

De loin, sur le chemin, il aperçut un attroupement du côté du ravin. Que regardait-on ? Il n'avait pas le temps de s'en préoccuper, ni d'aller jusque-là : les jours étaient courts, le froid vif, il ne pouvait pas risquer de se laisser surprendre par la nuit.

Il avait depuis quelque temps déjà dépassé le champ

des pierres levées, lorsqu'il aperçut un cheval puis, un peu plus loin, un homme qui creusait le sol. Et cet homme... c'était incroyable ! Il s'agissait du seigneur de Lémur !

Garin le salua. Que pouvait-il bien faire là ?

– Vous plantez un arbre ? demanda-t-il (juste pour parler, bien sûr !).

– Nullement.

– Ah non !... ce sont des peaux de loups. Vous pensez qu'elles vont pousser ?

– J'espère que non ! s'exclama le seigneur avec humour en se redressant. Ce sont les loups que j'ai tués l'an dernier. Je les enterre moi-même, pour qu'en même temps l'odeur me quitte. Ces bêtes m'inquiètent un peu... pas les mortes, bien sûr, mais les vivantes. Elles pullulent, et par les temps qui courent, il ne me paraît pas prudent de conserver ces dépouilles chez moi.

– Vous n'avez pas tort, dit Garin, on ne sait jamais. Les loups peuvent bien s'attaquer à ceux qui les attaquent.

– Eh ! Si on remonte dans le temps, sûr que c'est eux qui ont commencé !

– Voire... fit Garin avec un sourire narquois..

– En tout cas, ici, il y a déjà eu l'affaire des petits bergers, reprit le seigneur, c'est ce qui m'a décidé à enterrer ces peaux. D'ailleurs, mes serviteurs en avaient peur, et ils n'en voulaient plus dans la maison. Des pleutres...

Il s'appuya sur sa bêche avec un air songeur :

– J'ai remarqué une chose ... c'est que tous les gens que j'ai connus qui se sont fait mordre, sont morts de la rage.

Il fixa Garin, pour voir s'il en tirait la même conclusion que lui.

– Vous voulez dire, tenta Garin, que lorsqu'un loup

vous mord, vous avez toutes les chances d'attraper la rage ?

– Oui et non, vous me comprenez mal : à mon avis, cela signifierait que le loup vous attaque seulement quand il à la rage. Parce que, il a la rage.

Peut-être... François-le-biniou avait dit : « S'il m'a mordu, c'est seulement qu'il a été surpris quand je suis tombé. » Il semblait sous-entendre que ce n'était pas parce que le loup était enragé.

– Vous avez peut-être raison, acquiesça-t-il, cela expliquerait que personne ne soit d'accord sur les loups et leurs rapports avec les hommes. Les enragés mordraient, et les autres non ?

Il faudrait qu'il réfléchisse à cela, et qu'il fasse son enquête dans chaque village : qui a été mordu ? Quand ? Dans quelles circonstances ? La personne mordue a-t-elle contracté la rage ?

D'un autre côté, il y avait les loups sans gibier, ceux dont Jordane lui avait parlé, ceux qui s'habituent à suivre les armées... Il fut tiré de ses réflexions par des aboiements excités.

– Voilà mes chiens, annonça le seigneur, avec mes valets.

Il contempla un moment la meute bruyante, un sourire satisfait sur les lèvres.

– Braves bêtes, conclut-il. La partie va être difficile, pour elles, et plusieurs risquent d'en revenir estropiées, ou de ne pas en revenir du tout.

– Vous allez à la chasse ? A la chasse aux loups ?

– J'y vais. Voyez-vous, jeune homme, le seigneur est responsable de la paix sur ses terres. Et avec les loups qui rôdent, je ne peux faire autrement que de tenter de protéger mes gens. Qu'ils tuent ou non des hommes n'est pas le problème : ce qui est certain, c'est que le loup s'attaque aux troupeaux, aux chiens, aux chevaux. De tous les animaux, c'est la plus mauvaise bête. Toujours à préparer un mauvais coup.

– Pour les chiens, remarqua Garin, Jordane dit que c'est seulement au moment où les louves mettent bas...

– Jordane ? ... Ah ! Jordane la sorcière !

– Vous ne croyez tout de même pas que ce soit une sorcière ?

Le seigneur secoua la tête en ricanant, sans répondre.

Dans un concert d'aboiements épouvantables, les chiens s'approchaient, de grands chiens à poil dur, maîtrisés à grand-peine par les valets qui les tenaient en laisse. Derrière, plusieurs hommes à cheval, habillés de cuir épais, armés de piques acérées.

« Une vraie chasse au loups », se dit Garin.

– Vous les entendez ! s'exclama fièrement le seigneur, ils savent donner de la voix ! Je les sélectionne exprès pour cela : pas de chien muet dans ma meute, parce qu'un chien muet est un chien mort. Voyez-vous, jeune homme, si le chien n'aboie pas, on ne sait jamais où il se trouve, ce qui ne nous rend aucun service, et en plus, s'il est seul face aux loups, il n'a aucune chance.

Sur ces mots, Pierre de Lémur sauta à cheval et, sans plus accorder d'attention à Garin, il fit un grand signe du bras à ses gens pour lancer la battue, puis démarra au grand galop en beuglant :

– Arh bleiz ! Arh bleiz !*

Un cri épouvantable qui, relayé par les hurlements rageurs des chiens, laissa Garin tout pantois au bord de la route.

---

* Arh bleiz ! : en breton « au loup ! »

Terrifiant.

Il ne savait pas si les loups en seraient aussi impressionnés que lui, mais il n'aurait pas voulu être à leur place.

Il reprit son chemin et s'éloigna pensivement, son écritoire pendant à son épaule. « Conques »... songea-t-il soudain. « Conques »... Cela lui disait quelque chose, mais quoi ?

– On l'a vue ! On l'a vue ! Elle allait au ravin.

– Parfaitement, elle longeait la rivière.

– Même qu'elle s'est arrêtée au moulin.

– Meunier, interrogea le maréchal-ferrant, elle est venue chez toi ?

– Oui.

– Elle est repartie vers le ravin ?

– C'est possible.

– Mon oncle, s'écria Jordane, vous vous trompez, je suis repartie chez moi.

– ... Je ne sais, dit l'oncle hésitant.

Comme Jordane le contemplait avec des yeux affolés, il ajouta :

– Je ne peux pas dire ce que je ne sais pas : Dieu me voit là-haut.

– C'est elle ! Qu'on la brûle !

– Mon Dieu, bredouilla Jordane en se tordant les mains, je vous jure...

– Ne jure pas ! adjura le curé, les lavandières t'ont vue !

– Elles m'ont seulement vue aller vers le moulin.

Des cris s'élevèrent dans la foule. Une lavandière intervint :

– On ne l'a pas vue repasser dans l'autre sens, et peu après, on a retrouvé les deux enfants. Morts tous les deux, tués par leur chute dans le ravin.

– Leurs yeux étaient pleins de terreur : c'est donc qu'ils ont vu quelque chose d'effroyable !

– Ils avaient des moutons noirs, pourtant, six !

– Alors ! lança le maréchal-ferrant en direction de Jordane. Qu'est-ce qu'ils ont bien pu apercevoir, pour être affolés au point de se jeter dans le ravin ? Des loups ?

– Non, c'était trop loin de la forêt, les loups ne s'aventurent pas jusque-là en plein jour.

– Ils ont vu pire que les loups.

– Une femme-loup !

– Un loup-garou !

Des mains s'abattirent sur Jordane, tirant ses cheveux, ses vêtements.

– Une sorcière ! Qu'on la brûle !

– Que se passe-t-il ? lança une voix forte.

– Ah ! ... Messire de Lémur... On a retrouvé deux bergers morts dans le ravin, terrorisés. Sûr que c'est elle ! Ces enfants-là ont dû être attaqués par un loup pas ordinaire.

Le seigneur de Lémur jeta un regard sur Jordane et ses deux petites sœurs qui, effrayées, s'accrochaient à sa robe en pleurant.

– Tiens, tiens... la sorcière...

On ne pouvait savoir à son ton moqueur s'il était sérieux ou non.

– Tu es la fille Prigent, reprit-il.

Jordane ne prononça pas un mot. Elle se sentait au-dedans d'elle toute vide et paralysée. Elle aurait voulu demander au seigneur de la défendre, mais il la dévisageait d'un drôle de regard, et elle sut qu'elle ne pouvait espérer aucun secours de lui. Ils étaient tous contre elle. Est-ce qu'à eux tous ils pouvaient avoir raison ? Elle ne savait plus...

– Jugez-la, messire ! cria une voix.

– Ah non ! décréta le seigneur, cela n'est pas de mon ressort. La sorcellerie regarde l'Église.

A ce moment, derrière le seigneur, arrivèrent les valets, qui rattrapaient enfin la tête de la chasse. Ils portaient, pendus à une grosse branche, deux grands loups gris.

– Si ce sont tes amis, se moqua le seigneur, tu n'auras pas beaucoup de temps pour porter leur deuil.

Les villageois se précipitèrent vers les loups morts, les jetèrent à terre, et les piétinèrent rageusement.

– Regardez sa tête ! criaient-ils en montrant Jordane du doigt. Regardez sa tête ! Elle est livide !... ça te fait mal, hein, qu'on traite ainsi tes semblables !

Jordane se mordit les lèvres. Elle ne devait pas pleurer. Elle ne devait pas. Les larmes roulèrent sur ses joues. Elle serra ses petites sœurs contre elle.

# 16

## Sorcière!

« Conques ! se dit soudain Garin. Conques ! »

Il s'arrêta sur le chemin. Il ferait bientôt nuit. Conques !... Enfin... il ne s'agissait sans doute que d'une erreur, à quoi servait-il de revenir sur ses pas ?

Il regarda le ciel. Était-il prudent de... A ce moment, un flocon, deux...

Bah ! Il faut toujours faire ce qu'on sent au fond de soi. On ne sait pas pourquoi, mais on a raison.

Il changea son écritoire d'épaule. Voilà que la neige tombait de plus en plus dru. Le ciel était devenu d'un gris de plomb. On n'y voyait presque plus.

Le curé chassa nerveusement le premier flocon.

– Vous ne pouvez pas la brûler sans jugement ! protesta-t-il. Attendez le prédicateur, qui arrive demain. Il nous éclairera peut-être de ses lumières.

– Attachons-la dans la forêt ! proposa une voix. Si elle survit, c'est qu'elle pactise avec les loups, et que c'est une sorcière.

– Alors on la brûlera.

– Et on sera en même temps débarrassés de ces sales bêtes.

– Séparez-la de ses petites sœurs, dit le curé, je vais les prendre chez moi en attendant.

– Vous n'y pensez pas ! protesta le maréchal-ferrant. Si elles étaient contaminées aussi !

Le curé verdit.

– C'est vrai, dit-il. Confions-les aux religieuses du couvent. Dans la maison de Dieu, Satan n'osera pas se montrer.

N'osant trop les toucher, on tira violemment les fillettes par la robe et on les poussa, sans égard pour leur affolement, dans la charrette qui les conduirait immédiatement au couvent. Il fallait se dépêcher, car on n'aimait pas se trouver sur la route quand la nuit tombait. Et ce soir, le ciel était si noir...

Jordane pleurait maintenant sans pouvoir se retenir On lui arrachait ses sœurs et le pire, c'est qu'on avait peut-être raison. Qu'était-elle vraiment ? Quel exemple leur donnait-elle ?

On la poussa en avant. On la bouscula. On avait peur des premiers flocons qui tombaient et amèneraient trop vite la nuit.

On n'entra pas vraiment dans la forêt. On se dépêcha de lier la fille à un arbre avant que les loups ne sortent, et on regagna le village en courant.

Garin entendit bien des cris, au village, mais il n'arrivait pas à se diriger vers eux. Dans la nuit, il s'était trompé de chemin, et voilà qu'il se trouvait dans les bois, qu'il n'aurait pas dû avoir à traverser.

La nuit était tombée si vite... Déjà on entendait les loups au loin.

Au loin... Non, ici, à gauche. Non, là, à droite. « Aaaah ! » se dit Garin en sentant la panique le gagner.

C'était la deuxième fois qu'il se trouvait dans cette situation. Il le faisait exprès, ou quoi ? Les loups lui avaient-ils fait un signe du bout de l'ongle : viens ici, bonne petite viande sur pattes. Et lui, il était venu… se jeter dans la gueule du loup. C'était le moment de souhaiter que ces bêtes-là n'aient jamais suivi d'armées, aient du gibier en suffisance et ne soient pas atteintes de la rage. (… Saint Garin, vous pouvez bien faire ça pour moi !) Si toutes ces conditions étaient réunies et qu'il se faisait croquer quand même, il saurait que tout était faux. Enfin, il ne le saurait pas, ce qui serait dommage : lui qui venait juste de commencer son enquête sur les loups !

Aaaah ! Sambleu ! Un arbre, vite ! Avec des branches assez basses… Un sapin…

Il se retrouva très loin au-dessus du sol, sans savoir comment il avait pu grimper aussi vite, n'ayant d'ordinaire aucun don pour ce genre d'exercice. Dans la forêt en pleine nuit, pendant un hiver à loups… Quel âne abruti, buse bornée, dindon débile, misérable moule !

Sous l'arbre, des ombres. Déjà ? Une, là, qui s'arrêtait pour le renifler. Ça y est, il était repéré. …Les loups ne savent pas grimper aux arbres, n'est-ce pas ? Un hurlement. Ce maudit loup prévenait les autres de la présence d'un intrus.

… Tiens, voilà qu'il interprétait le langage des loups, maintenant !

Pourvu qu'il traduise bien et que le loup soit réellement en train de dire « intrus » et non « gibier ». Oh ! je vous en prie, messieurs les loups, excusez-moi d'avoir violé votre territoire. Je ne vous veux pas de mal, faites donc comme si je n'étais pas là.

Il tenta de se mettre le pouce dans l'oreille droite et le petit doigt sur la narine, mais il n'était pas sûr d'avoir bien fait le geste protecteur, car il dut se ré-agripper tout de suite à sa branche. Impossible de dire la prière en même temps, espérons que cela compterait quand même : saint Garin, faites que je ne tombe pas, faites que les loups ne sachent pas monter aux arbres, faites que cette branche soit assez solide, faites que mon odeur ne soit pas appétissante.

Mais c'était fou ! À croire que toutes les dents acérées de la forêt s'étaient donné rendez-vous ici !

Au loin, des lumières trouaient la nuit. Le village, c'était là-bas, incapable ! Il le voyait bien maintenant : on y faisait brûler de grands fagots et les flammes disaient : « dehors, bêtes malfaisantes, n'approchez pas d'ici ! ».

Dans la prairie, entre la forêt et le village, les loups contemplaient ces lueurs dans la nuit. Ils venaient de partout. La lumière les attirait, et en même temps, elle leur faisait très peur. Ils s'approchaient du village, tournaient autour, puis s'allongeaient là, à bonne distance, les yeux guettant les remparts de bois. Les hommes étaient là, qui portaient la mort dans la meute.

Le grand loup tourna la tête vers la forme blanche, solitaire, attachée à l'arbre, puis il se lécha pensivement la patte.

Au matin, tout était blanc. Plus un loup, mais partout on voyait des traces dans la neige.

Garin se sentait gelé. Il descendit prudemment de son arbre et fit quelques pas en scrutant le bois tout autour de lui, puis il s'avança un peu plus vaillamment. Il y avait quelque chose de très curieux, là-bas, une forme longue et claire qui semblait attachée à un arbre. Un épouvantail ? Une poupée de sorcellerie, magie destinée à faire fuir les loups ?

Garin s'arrêta : aux pieds de la forme, il y avait un grand loup, allongé dans la neige, qui le fixait de ses yeux méfiants. Garin serra plus fort son bâton.

Le loup l'observa longuement, sans bouger, puis il se leva et s'en alla en trottinant. Pfff...

La forme blanche fit un léger mouvement. ... Jordane ! C'était Jordane ! Livide, ou plutôt bleue de froid, la tête penchée, comme le Christ sur sa croix, comme si elle attendait la mort.

– Jordane !

La jeune fille remua faiblement les lèvres en l'apercevant.

– ... Non, prononça-t-elle péniblement. Non...

Elle reprit faiblement sa respiration :

– Ne m'approchez pas, ne me détachez pas, ...sinon ils vont vous accuser de complicité. Allez-vous-en ! Cachez-vous avant qu'ils n'arrivent ! Cachez-vous ! Vite !

Sans comprendre, Garin se précipita dans un buisson.

Que se passait-il ? Au petit jour, il avait réussi à descendre de son arbre, frigorifié, plein de griffures et de courbatures... et pour voir quoi ? Jordane attachée à un tronc. Il était en train de rêver, ce n'était pas possible !

Des voix ! Du bruit !

Faisant voler la neige devant leurs pas, les villageois s'approchaient, une horde de villageois.

– C'est une sorcière ! La preuve est faite : c'est une sorcière !

Mais que faisait-il là, dans son coin, sans intervenir ? « Cachez-vous », avait dit Jordane, et il se cachait !

Oh ! Bien sûr, il n'avait jamais été doté d'un courage vertigineux, mais là, ne ressemblait-il pas franchement à un couard ?

– Regardez ces traces de pattes, il y en a partout autour

d'elle. Ils sont venus, ils ne l'ont pas touchée… Là, on dirait même qu'il y en a un qui s'est allongé à ses pieds.

A cet instant, Garin faillit sortir de sa cachette, se ruer sur eux…

Ah oui ? Et pour quel résultat ?

Fais plutôt fonctionner ta tête, pauvre idiot ! Si on accuse Jordane de sorcellerie, quelques coups de poing dans des bedaines imbéciles ne serviront de rien. Fais fonctionner ta cervelle, esprit débile !

Finalement, sa décision de revenir sur ses pas… oui il avait eu raison ! Conques… c'est ça qui lui avait mis la puce à l'oreille. Il s'extirpa de son trou pour suivre de loin les hommes qui emmenaient Jordane. Quoi ? Un bûcher ? On avait déjà dressé le bûcher pour la « sorcière ».

Il ne réfléchit plus du tout, il se mit à courir, ne s'arrêtant que sur la place du village, où il se glissa dans la foule sans qu'on lui prête attention.

Il y avait là beaucoup de gens que Garin n'avait jamais vus, qui venaient sans doute des hameaux voisins pour assister à la fête.

Il fila droit à l'église et chercha le curé.

– Ne me dites pas, lança-t-il avec véhémence, que vous, un homme de Dieu, vous croyez que Jordane soit une sorcière !

– Je ne sais, mon fils. Notre prédicateur va arriver ce matin, il le dira. Toutefois, il semble, hélas, qu'on ait déjà vu des cas semblables à celui-ci : des hommes ou des femmes qui se transforment en loups. Loups-garous.

Et il se signa plusieurs fois, très vite.

Loups-garous !

Secouant brutalement le curé par l'épaule, Garin demanda soudain :

– Qui a évoqué cette histoire de loup-garou, que vous avez contée l'autre dimanche, à la messe.

– Euh... Je ne sais... Pourquoi vous emportez-vous ainsi ?

– Qui ?

– Le meunier, il me semble. Il a dit que, bien sûr, il y avait des histoires de loup-garou comme celle-ci, mais qu'elles n'avaient rien à voir avec Jordane. Voyez, il avait tort.

Garin ressortit très vite de l'église, de peur des initiatives que pouvaient prendre les villageois livrés à eux-mêmes. Le meunier... Quel bûche ! Aller évoquer des histoires pareilles, même pour dire que cela ne concerne pas Jordane ! Pas malin, le meunier, il devrait prendre des leçons avec son âne !

– Attendez ! s'écria-t-il. Attendez !

Malheur ! le troupeau se dirigeait déjà vers le bûcher, sans se préoccuper le moins du monde de connaître l'avis du prédicateur.

– Attendez ! Elle est innocente !

– Les loups n'y ont pas touché, elle est coupable.

– Les loups dévorent rarement les hommes, protesta Garin, et elle, ils la connaissent, sans qu'il y ait magie, vous le savez. Votre chien aussi, vous connaît, est-ce qu'on vous accuserait de sorcellerie s'il ne vous mord pas même quand vous le frappez ?

Il ne laissa pas le temps de chercher des répliques.

– C'est une machination ! cria-t-il.

Il ne savait exactement pourquoi soudain il disait cela. Trop d'accusations pesaient sur Jordane : on l'accusait d'abord d'attirer les loups, puis d'être elle-même loup. Or, le loup-garou n'est pas quelqu'un qui comprend les loups, ça n'a rien à voir !

S'il avait suspendu un moment le cours des choses, cela ne dura pas. On haussa d'abord les épaules, puis on continua d'entasser des fagots sur le bûcher, même si les gestes s'étaient faits plus lents.

Le curé, pris sans doute de remords, intervint enfin pour dire qu'il ne fallait pas se précipiter, ne pas risquer de condamner un innocent.

On n'était pas d'accord : les loups, eux, n'attendraient pas ! Il fallait donc tuer Jordane, il y allait de leur salut à tous.

C'est à ce moment qu'un petit homme replet fendit la foule. Il portait la robe des prêtres, et on se rendit alors compte qu'un chariot s'était arrêté devant le pont-levis. Le prédicateur !

Garin se précipita :

– Mon père ! Ils vont tuer une innocente !

L'homme posa sur le garçon un regard surpris.

– Cette fille ? Et elle n'est pas coupable ?

– Non, il n'y a aucune preuve qu'elle soit une sorcière.

L'homme réfléchit, puis, s'adressant à la foule :

– Vous la croyez sorcière ?

Il y eut quelques grognements, chacun laissant à l'autre le soin de porter des accusations.

– Si vous le croyez, déclara le prédicateur, c'est à elle d'apporter la preuve qu'elle n'est pas coupable.

La preuve ? Comment apporter une pareille preuve ?

– Qu'a-t-elle fait ? se renseigna alors l'homme de Dieu.

– Elle attire les loups, qui ont attaqué des bergers, égorgé des brebis...

– Elle se transforme même en loup, renchérit le maréchal-ferrant. Pour moi, les brebis, c'est elle qui les a égorgées, et c'est elle qui a poursuivi les enfants jusqu'à provoquer leur mort.

– C'est un loup-garou ! C'est elle qui a tué mon nourrisson en lui suçant le sang.

– Tout cela est complètement idiot ! s'exclama Garin. Est-ce que quelqu'un ici l'a déjà vue faire du mal ?

– Jusqu'ici non, avoua courageusement le curé, mais ma science en sorcellerie n'est pas bien lourde.

– Pour attirer les loups, dit le prédicateur, je ne sais, car les loups prolifèrent lorsqu'ils sont bien nourris, et il se peut que la contrée leur convienne bien, sans qu'il y ait là magie. Pour le reste...

– Tout va ensemble, déclara le maréchal-ferrant. Déjà, l'hiver dernier, les loups sont venus nombreux, et j'ai grand-peur que cet hiver-ci soit l'hiver des loups, et que pas un de nous ne voie la saison prochaine.

– Vous voulez dire, reprit le prédicateur, que votre seule chance de survivre est qu'elle soit coupable ?

– Si on la brûle, les loups partiront, affirma l'apprenti de la forge.

Le prédicateur écarta les bras en signe d'impuissance, ce qui décupla la colère de Garin.

– Vous ne pouvez punir un innocent, intervint-il violemment, cela vous portera malheur. Vous serez maudit de Dieu !

Le prédicateur l'arrêta de la main :

– Dieu sait bien qu'il vaut mieux que l'homme, dans son ignorance, punisse un innocent, que de laisser courir un coupable. Car un coupable peut corrompre mille innocents et porter la malédiction sur la tête de nos enfants. L'innocent, s'il brûle au bûcher, rejoindra immédiatement la droite de Dieu, dans la félicité éternelle.

Garin en fut sidéré. Il lança un regard de fureur et d'impuissance vers le tas de fagots, vers Jordane qui, effondrée dans la neige, ne faisait pas un geste. On allait la brûler. Elle avait douze ans.

Pour la première fois, le prédicateur se tourna enfin vers elle :

– Qu'as-tu à dire pour ta défense ?

« Allez ! implora Garin au-dedans de lui-même, trouve quelque chose ! » Mais Jordane demeurait tête baissée. Elle ne savait plus rien. Au fond d'elle rôdait l'odeur du loup, comme s'il avait toujours été là, et cette nuit, quand le grand loup à la patte blessée était venu la réchauffer de son haleine, elle s'était surprise à vouloir appartenir au peuple des loups plutôt qu'à celui des hommes. Si Dieu l'abandonnait, c'est qu'Il avait sans doute ses raisons. Elle ne pouvait plus lutter, elle n'en avait plus envie.

Elle ferma les yeux. Elle aimait mieux mourir.

On entendit à ce moment le son du biniou, qui venait loin sur la lande, et ce fut comme un signe. Tout le monde écouta.

– Voilà un témoin ! s'écria Garin.

Il se précipita au-devant du musicien, pour le mener jusque sur la place.

– Biniou ! interpella-t-il, tu as vu du pays. Dis-nous s'il y a beaucoup de loups en ce moment.
– Beaucoup.
– Partout ?
– Partout.
– Y en a-t-il ici plus qu'ailleurs ?
Le musicien réfléchit :
– Je ne saurais dire… Ces temps-ci, les meutes ont tendance à se regrouper non loin des villages. Elles sentent que l'hiver sera rude et se préparent à survivre sur les moutons si elles ne trouvent plus de gibier.
– Voyez ! s'exclama Garin, des loups, il y en a près de tous les villages.
Le maréchal-ferrant s'interposa :
– Tu dis qu'ailleurs ils se préparent, donc ils n'ont pas encore attaqué les troupeaux ?
– Je ne crois pas… non.
– Ici, ils ont attaqué. Et pas seulement les moutons, les bergers aussi !
Et alors, à la surprise de tous, on entendit la voix de Jordane :
– Ils n'ont pas égorgé les moutons, dit-elle. Ils n'ont pas attaqué les bergers.
– Et ça ! cria un homme en montrant les griffures sur la joue de son fils.
– Ça, ce n'est pas un loup qui l'a fait. Les griffes sont trop espacées.
On regarda les cicatrices : diantre ! elle avait raison ! Le cœur de Garin se serra. Jordane se rendait-elle compte de ce qu'elle faisait ? Elle défendait les loups, mais les loups, on s'en moquait ! Il serra les poings en l'entendant continuer :
– Les brebis, ce n'est pas eux non plus, les loups ne saignent pas leur proie de cette façon.

Un silence de mort tomba.

– Te rends-tu compte, dit le prédicateur avec une certaine douceur, que tu viens de t'accuser ? Si tout cela n'a pas été commis par les loups, cela a été commis par quelqu'un qui leur ressemble.

Tous les yeux étaient tournés vers elle. Personne ne disait mot. Elle venait de signer sa condamnation.

Non ! Non !

– Non ! clama alors Garin de sa voix la plus puissante, vous allez commettre une erreur terrible. Une erreur terrible. Parce que moi, je sais tout ! Je connais les vrais coupables. J'ai les preuves !

Le prédicateur le considéra avec curiosité.

– Vous avez les preuves ?

Dans la foule, on se consulta d'un regard incrédule.

– Qui ? Qui accuses-tu ? s'emporta le maréchal-ferrant.

Garin se calma d'un coup. Tout le monde le regardait.

Dans les yeux de Jordane, il ne lut que de l'effarement.

– Je ne peux pas le révéler maintenant, déclara-t-il subitement. Demain, c'est la pleine lune. On ne peut remettre cette preuve qu'une nuit de pleine lune.

Une nuit de pleine lune. Il ne restait que ces deux jours, mais c'étaient quand même deux jours. Une chance que cette idée lui soit venue. Une idée vraiment farfelue, et pourtant ils y avaient cru ! Maintenant, il fallait trouver une preuve. Deux jours. Quel genre de preuve ?

# 17

## DEUX JOURS AVANT LA PLEINE LUNE

Une preuve. Quelle preuve ? Comment ces mots lui étaient-ils venus ? En entendant Jordane, il avait su qu'elle disait vrai : quelqu'un ici, agissait comme les loups. Qui ?

Pas Jordane. Il ne voulait pas. Parfois, l'idée l'effleurait qu'elle pouvait posséder sans le vouloir une double personnalité, mais maintenant il n'avait plus le droit de se laisser aller à douter, car maintenant il fallait trouver une preuve pour l'innocenter et s'il n'était plus sûr de lui, il ne la trouverait jamais.

Qui donc pouvait agir comme les loups ? Ce malfaisant allait laisser mourir Jordane à sa place, c'était certain.

A moins que... Une seconde question lui vint à l'esprit : pourquoi ?

Jusqu'à présent, pour tous, le seul être à agir comme les loups était le loup-garou, et dans ce cas, il n'y avait pas de « pourquoi ». En revanche, si on imaginait que quelqu'un agisse ainsi pour une autre raison... Nuire au village, par exemple. Ou nuire... à Jordane !

Cela le frappa comme une révélation : nuire à Jordane !

Mais alors, un autre « pourquoi ? » se profilait.

Voyons... Il tenait une bribe de raisonnement... Beaucoup se méfiaient de Jordane au village. On avait peur, à cause des loups.

... Le maréchal-ferrant, c'était lui qui était le plus terrorisé par les loups, Garin en ignorait la raison. De la part d'un homme aussi costaud, c'était étonnant.

Ou encore... Quelqu'un avait pu organiser cette peur pour se débarrasser de Jordane. Le meunier?... car c'était lui (à moins que le curé ne se trompe) qui avait parlé de loup-garou. D'un autre côté, il était le seul à défendre sa nièce. Peut-être n'avait-il été que maladroit.

Quant au curé, il n'inspirait à Garin qu'une confiance très modérée. Il était nouveau venu au village, il était de caractère peureux et renfermé...

Garin remit son écritoire à son épaule, et s'en fut pensivement vers la maison déserte. Il se sentait les pieds glacés. De nouveau, le ciel était bas et cotonneux. On aurait encore de la neige. Hiver. Mauvais hiver. Un froid de loup. Un hiver de loup.

... Qu'avait-il remarqué de particulier, dans ce village ? Qu'est-ce qui l'avait surpris ? Il réfléchit... Le seigneur... le seigneur de Lémur enterrant des peaux de loups.

Ensuite, Conques.

... Conques pouvait se raccrocher au seigneur, parce que c'était son courrier qui avait livré le message au meunier. Il n'y avait peut-être aucun rapport entre tout cela, mais il restait que l'information qu'on avait donnée à Jordane concernant son père était fausse, et tout ce qui paraissait anormal était bon à creuser. Car il y avait une erreur quelque part : ou le pèlerin s'était trompé d'endroit (et c'est ailleurs qu'il avait rencontré le père de

Jordane) ou le messager s'était trompé en le répétant, ou il avait voulu sciemment tromper la famille Prigent.

Parce que Conques ne se trouvait absolument pas entre Saint-Jacques-de-Compostelle et Rome. Si Huet Prigent se rendait vraiment à Rome, pourquoi se serait-il trouvé à Conques ?

C'était une piste très mince, si mince...

Garin déposa son écritoire sur la table et laissa son sac, pour ressortir aussitôt.

« Le seigneur de Lémur », se disait-il. Et tout en marchant, il se rendit compte qu'il l'avait rencontré enterrant les peaux peu de temps après qu'on ait retrouvé les enfants morts dans le ravin.

Deux éléments étranges se recoupaient sur le même homme.

Garin ralentit. Son cœur battait trop fort. Si vraiment le seigneur était coupable de quelque chose, comment l'accuser ? Dans ce genre de cas, les torts finissaient toujours par retomber sur la tête du plus faible, c'est-à-dire lui.

Et pourtant... Tout concordait : les terres que possédait Jordane constituaient une enclave dans celles de Lémur. Oh ! Sambleu ! Si c'était cela, Jordane pourrait mourir mille fois avant qu'on daigne l'écouter, lui pauvre scribe des grands chemins.

Pierre de Lémur, une longe à la main, faisait trotter en rond un magnifique cheval, qui n'était pas encore dressé et ne portait pas de selle.

– Ah ! Le scribe !

– Bien le bonjour, messire. Je voulais savoir... s'il y avait une modification à apporter au testament, à cause des peaux de loups dont vous vous êtes débarrassé.

– Les peaux de loups ? s'étonna le seigneur. Je ne me rappelle pas les avoir fait enregistrer.

– Ah ! alors j'ai dû me tromper, confondre avec quelqu'un d'autre.

Le seigneur ne paraissait nullement troublé au rappel de ces peaux, mais était-ce une preuve de son innocence ? Garin était persuadé qu'il aurait pu se servir de ces peaux pour se déguiser en loup, pour effrayer les enfants, pour faire croire à l'existence d'un loup-garou.

– Votre... votre courrier... est-ce que je pourrais le voir ?

– Jehan ? Il est reparti. Il fait la liaison entre tous les membres de ma famille, qui sont bien dispersés, et n'a guère le temps de demeurer sur place. Pourquoi vouliez-vous le voir ?

– Il aurait pu... repasser chez le meunier, pour donner son message : Macé Prigent n'est pas sûr d'avoir tout compris.

– Le meunier ? Ah !... Jehan ne m'en a pas parlé.

Garin examinait le visage du seigneur tandis qu'il parlait. N'était-il vraiment au courant de rien ?

Garin se sentit bête. Il aurait fallu qu'il manœuvre mieux, mais comment ? Il quitta le seigneur de Lémur, en se traitant de triple buse, de roi des béjaunes, de rognure de caniveau. Il avait vraiment l'impression d'avoir tout raté.

... Que croyait-il ? Que le seigneur dirait : « J'ai enterré les peaux pour cacher les preuves. J'ai fait parvenir au meunier un faux message, de manière à ce que Jordane croie son père au loin, qu'elle se décourage et qu'elle vende ses terres pour survivre ? »

S'il était coupable, le seigneur de Lémur était allé un peu loin, et au lieu de désespérer Jordane, il l'assassinait !

Crédiou ! ... Si elle était accusée de sorcellerie, ses biens seraient confisqués, or des biens confisqués reviennent au seigneur, non ?... Crédiou ! Garin en fut tout retourné.

Que faire ? Que faire ? Rester sur place à se tordre les mains n'avait à sa connaissance jamais rien résolu. Bon. Il allait suivre les autres pistes. Voyons… le meunier… Le meunier ne lui avait jamais inspiré confiance non plus. Et il était également mêlé à ce message douteux.

Là-bas, le moulin grinçait. Voilà que, de nouveau, les flocons volaient. Le meunier avait pu faire une erreur. Que lui avait dit exactement le messager ?

Une erreur ? Il ne fallait pas trop y compter, il n'y avait aucune chance pour que le meunier ait prononcé « Conques » au hasard, lui qui n'en avait certainement jamais entendu parler auparavant, et qui devait encore plus ignorer qu'on y conservait les restes de sainte Foy.

Garin s'arrêta un moment dans la neige qui tourbillonnait. Le spectacle était magnifique, et peut-être qu'il s'en rendait d'autant plus compte que tout semblait noir et laid au-dedans de lui. Voilà que la rivière, le moulin pelotonné sous sa couverture blanche, se trouvaient transfigurés. Garin rentra la tête dans les épaules. Crédiou qu'il faisait froid ! L'hiver de tous les loups.

Curieusement, le moulin était vide. Évidemment, le meunier était parti au village. Garin entra. Les engrenages ne tournaient pas. Deux sacs de graines de moutarde attendaient près de la petite meule du coin. Sur la droite, l'échelle qui montait à l'étage.

« Il faut que je voie le meunier », se répéta Garin en devinant bien qu'il ne trouverait personne.

Effectivement la pièce du dessus était également déserte. Un lit. Deux coffres. Garin souleva distraitement un couvercle. Distraitement. Sans aucune intention de se montrer indiscret. D'ailleurs, qu'y avait-il à voir ? Trois chemises de lin, avec dessous un pourpoint grossier. Dessous, des chausses. Encore en dessous un vieux manteau, et dessous rien.

Le second coffre conservait une paire de draps de lit, une boîte contenant un anneau sans valeur, des parchemins pliés en quatre et jetés dans un coin.

Il en souleva un (juste pour tester la qualité !). Fort médiocre. L'encre utilisée était sûrement faite à base d'urine, vu l'écriture. Et l'écriture, elle disait : ... quoi ?

Garin fronça les sourcils, plissa les yeux, scruta les caractères : incompréhensible ! Jamais il n'avait vu quelque chose de ce genre. Sûrement une langue étrangère. Manque de chance !

Il mit la lettre, sans y penser, dans son surcot, contre sa poitrine... Et puis ce parchemin-ci... était-ce la même langue ?

Du bruit, en bas. Il glissa la deuxième missive de l'autre côté du surcot. Juste un emprunt, n'est-ce pas ? Juste pour voir.

Une fenêtre s'ouvrait au fond de la pièce, donnant directement dehors, sur la terre ferme – à cause de la pente du terrain à cette endroit. Pourquoi ne pas sortir par là ? Il reviendrait quand le meunier serait présent.

« Vous êtes témoin, saint Garin, si par hasard c'est le meunier qui se trouve actuellement en bas, je n'ai plus le temps de le rencontrer maintenant. »

– Eh ! le musiqueux !

Comme on lui tapait sur l'épaule, le joueur de biniou ôta de sa bouche l'embout de son instrument – qui se vida alors d'un coup avec un soupir déchirant.

– Toi qui vois le monde, interrogea Garin, Conques, ça te dit quelque chose ?

– C'est le meunier, qui t'en a parlé ? demanda François-le-biniou en désignant le moulin avec le bourdon de son instrument.

– Le meunier ? Non…

– Ah !… parce que moi je lui en ai parlé. J'y étais l'an dernier, quand on a transféré les restes de sainte Foy dans une autre urne.

Garin fixa le jeune homme avec stupéfaction.

– Attends… As-tu évoqué Conques le premier, ou est-ce lui qui t'en a parlé ?

– C'est moi. Pourquoi m'en aurait-il parlé, il ne savait même pas que ça existait ?

Conques et les restes de sainte Foy. Ce ne pouvait être un hasard : le meunier avait prononcé ce nom simplement parce qu'il venait de l'entendre. Il aurait donc confondu deux informations… à moins qu'il n'ait simplement inventé une partie du message, et s'il en avait inventé une partie…

Garin sortit avec prudence une des lettres de son surcot :

– Tu sais lire ? demanda-t-il au musicien.

– Oui.

– Connais-tu cette langue ?

Le joueur de biniou coinça son instrument solidement sous son bras et se mit à étudier la missive.

– Pof ! dit-il au bout d'un moment, ça n'existe pas, cette langue-là.

– Tu en es sûr ?

– Ou alors, une langue de sauvages, au fond des terres de l'Asie.

Garin reprit la lettre et examina de nouveau les caractères.

– Pourtant, dit le biniou en regardant par-dessus son épaule, ce sont les mêmes caractères que les nôtres, mais assemblés en mots qui n'ont aucun sens.

Garin demeura songeur : on aurait dit que quelqu'un

avait recopié pêle-mêle des lettres les unes au bout des autres, au hasard. Qui avait pu envoyer une missive pareillement incompréhensible au meunier ?

– Dis-moi, demanda-t-il, à ton avis, le meunier sait-il lire ?

– Oh ! Sûrement pas. Il m'a demandé de lui lire une vieille lettre qu'il avait.

– Et qui disait quoi ?

– Ah ! Garin !

– Pfff... Je sais, le secret... Dis-moi seulement si la lettre était du père de Jordane.

– Euh... Je ne sais, c'était signé « ton frère Huet ».

– C'est lui. Il disait où il allait ?

– Non. Et je ne peux rien te révéler de plus.

Sambleu ! Si le meunier avait inventé l'arrêt à Conques, il avait bien pu inventer tout le reste aussi !

... Et si ce parchemin incompréhensible avait été écrit par un illettré, simplement pour donner le change ?

Garin repartit vers le moulin en courant.

– Meunier ! Est-ce que ceci est à toi ? Je l'ai trouvé volant au vent !

Macé Prigent prit d'un air méfiant le bout de parchemin.

– C'est cela, reprit Garin, que tu comptais lire la prochaine fois à Jordane, pour lui faire croire que son père est encore plus loin, et qu'il ne reviendra jamais ?

Le meunier toisa le garçon d'un regard dur :

– Tu devrais retenir ta langue, gueux des grands chemins.

Les injures avaient toujours laissé Garin indifférent : elles prouvaient le plus souvent que l'autre se sentait en état d'infériorité, donc qu'il avait tort.

– Prétends-tu que tu n'inventes pas ce que tu lis à Jordane ? poursuivit-il sans se démonter.

Le meunier durcit son menton, fixa Garin dans les yeux et dit :

– Je l'invente.

Garin marqua le coup. L'autre ne cherchait même pas à nier.

– Et... pourquoi ?

– Pour protéger Jordane. Parce qu'en réalité son père est mort. S'ils l'avaient appris, au village, rien ne les aurait retenus de la chasser.

Garin en demeura tout bête. Il avait pensé à tout, sauf à cela.

Il revint découragé. Ce n'est qu'en passant la rivière, qu'il songea soudain à la seconde lettre, qu'il avait dans son surcot. Il la sortit. Ah ! Celle-ci était lisible. Elle était écrite en langue d'oïl* . Était-ce la lettre ancienne dont avait parlé le biniou ?

Il la déplia entièrement. Il était écrit :

Saint-Jacques-de-Compostelle, de deuxième jour de décembre 1353.

Cela datait de la fin de l'année précédente.

A mon frère,

Je suis encore épouvanté des tristes nouvelles que vous m'apprenez. Ma douleur est si grande que je n'ai plus envie de revenir chez nous. Vous avez raison, la vie me semblerait trop lourde là-bas. Je vais donc rester ici, je sais que vous veillerez sur mes biens.

Le père de Jordane avait certainement écrit cela (ou fait écrire, sinon il aurait utilisé le breton) après avoir appris la mort de sa femme. Ce Huet – Garin l'avait toujours su – était certainement bon chrétien mais bien mauvais père. Il ne songeait qu'à sa douleur, et aucunement à ses filles. Heureusement que Jordane ne savait pas cela !

Garin s'en voulut d'avoir douté du meunier : non seulement Macé Prigent respectait la prière de son frère en aidant Jordane à conserver son patrimoine, mais surtout, il inventait des lettres plus chaleureuses que celle-ci. A ce que lui en avait dit Jordane, il y avait toujours des mots gentils pour ses filles.

Garin se sentait démoralisé. Ainsi, le père de Jordane était mort. Mais cela avait-il encore de l'importance ? S'il ne pouvait pas sauver Jordane...

Maintenant, le seigneur restait son seul vrai suspect, et

* Langue d'oïl : dialectes dans la moitié nord de la France.

s'il était réellement coupable, comment le démontrer ? Le temps de rassembler des preuves, il serait de toute façon trop tard pour Jordane.

Voyons, voyons… Y aurait-il par chance une autre possibilité ? Un autre suspect ?

Le temps passait trop vite ! Garin songea qu'il n'avait que jusqu'à demain pour prouver que quelqu'un voulait nuire à Jordane, et pour l'instant, sa pêche était maigre.

# 18

## Une nuit épouvantable

Qui ? Qui ? Plus que de la curiosité, cette question s'imprégnait maintenant de désespoir. Il fallait trouver, et Garin n'avait plus aucune piste. Ou alors, il devait s'appliquer à trouver une preuve tellement évidente contre le seigneur, qu'on serait bien obligé de l'écouter. Quelle preuve ?

D'un pas nerveux, il revint vers le village.

Un coup au cœur : sans égard pour ses arguments, on avait achevé le bûcher et dressé le poteau au milieu, un poteau où l'on attacherait la suppliciée. Indifférents, les flocons de neige se posaient doucement sur les brindilles des fagots. Indifférents ? Peut-être pas. Garin voulut y voir un signe : que la neige du ciel engloutisse le bûcher ! Que la neige du ciel ne cesse plus de sept jours et de sept nuits, et qu'elle étouffe le village tout entier !

Et juste comme il pensait cela très fort, la neige s'arrêta.

Il savait qu'on gardait Jordane dans une grange, attachée par les mains et les pieds, qu'il était impossible de la voir, impossible de lui demander si elle avait une idée de l'identité de son ennemi invisible. Le vent était d'est, et on entendit la cloche du couvent sonner vêpres. Au bout de la rue, devant l'église, tout le village était déjà rassemblé, malgré le froid qui descendait du ciel. Une chape glacée. Garin demeura en retrait. Qui ?

Il observa chacun. Ceux qu'il connaissait, d'abord. La veuve Guillou... pouvait-elle en vouloir à Jordane ? A quel sujet ?

Le maréchal-ferrant... sa peur des loups pouvait-elle brouiller son jugement à ce point ?

Le curé... à la réflexion, il n'était sans doute pas de la race des agresseurs. C'était plutôt un mou, qui la défendait mollement, mais qui la défendait. Il avait obtenu qu'on ne torturât pas Jordane pour lui faire avouer, puisque les loups avaient déjà rendu leur jugement :

« Si elle avoue, avait-il dit avec justesse, elle mourra. Si elle n'avoue pas, elle mourra aussi, car ce serait signe que le Mal est enraciné en elle. »

Le prédicateur n'avait pas insisté, or cela était très curieux, car il aurait facilement pu faire valoir qu'il fallait absolument torturer les sorcières, pour leur bien : si elles avouaient, elles sauvaient leur âme. Cela signifiait-il que le prédicateur ne croyait pas vraiment à la culpabilité de Jordane ?

Qui ?

Le jeune apprenti du maréchal-ferrant ? Les charbonniers ? Le sabotier ? Les paysans ? Les autres, n'importe quels autres... Le père abbé du monastère, par exemple.

Garin n'écoutait aucunement les paroles du prédicateur, qui agitait ses bras menaçants vers les pécheurs qu'ils étaient tous. Il tentait de se rappeler un à un les testaments qu'il avait rédigés, sans toutefois parvenir à y découvrir le moindre indice.

Quand il reprit conscience de l'endroit où il se trouvait, le prédicateur était en train de dire :

– ... Et ce pèlerin s'engagea sur les grèves, pour rejoindre le Mont-Saint-Michel. Or, voilà que la mer se mit à ramper sur le sable, que bientôt les flots atteignirent ses chevilles. Pris de panique, notre homme cria : « saint Michel, libère-moi de ce péril, et je te donnerai ma vache ! » Mais l'eau continuait de monter, il en avait jusqu'à la taille. « Saint Michel, supplia-t-il, secours-moi dans ce péril, et je te donnerai le veau avec la vache ». Or, à peine eut-il fini sa phrase que l'eau commença à se retirer, et bientôt il se trouva au sec. Il se dit « Qu'est-ce que saint Michel pourrait en faire, de mes bêtes ? Elles sont ben mieux avec moi. J'y donnerai ni la vache ni le veau. »

Le prédicateur laissa planer un silence, puis il se dirigea d'un pas cérémonieux vers son chariot couvert et déploya une grande toile qui était roulée tout en haut. Elle retomba jusqu'au sol, masquant l'ouverture à l'arrière du chariot. Les villageois ouvrirent des yeux ahuris : ils n'avaient jamais vu de toile peinte, et celle-ci était... horrifiante.

A droite, on voyait un cortège blafard de malheureux, nus et enchaînés. Leur visage était défait, leur allure abattue. Au fond, un arbre aux branches acérées, sur lequel étaient empalés des corps tordus de douleur. Au centre, un immense chaudron bouillonnait. Des diablotins, là-haut, poussaient les condamnés dans cet enfer, de leur fourche pointue, et les infortunés tombaient dans l'huile bouillante en ouvrant la bouche dans un cri de terreur.

Tout en bas, les flammes rouges et jaunes semblaient jaillir de terre et une femme hurlante, les bras tendus, suppliait qu'on vienne à son secours. Curieusement, cette femme ressemblait à quelqu'un que Garin avait déjà vu, sans qu'il puisse mettre un nom dessus.

La foule des villageois contemplait cette vision d'horreur avec des yeux agrandis d'effroi. Pas un ne pouvait envisager qu'il s'agissait là d'une œuvre d'imagination. Tous ces visages peints étaient empreints d'une telle vérité que pas un ne doutait d'avoir devant les yeux la véritable représentation de l'enfer. C'était à vous glacer le sang.

Garin tournait dans sa tête toutes les pauvres données qu'il possédait, toutes les manifestations du « loup », les bergers, les brebis, le ravin... Le chien, tout au début ? Où se trouvait le seigneur à ces moments-là ? Il n'y avait que pour l'affaire du ravin que Garin avait la certitude de sa présence dans les parages.

Pas question de rentrer à la maison solitaire, il y faisait froid et triste. Il avait nourri les animaux au passage, cela suffisait. Dans le mauvais lit de la veuve Guillou, au moins, il demeurait au cœur des événements, et s'il se passait quelque chose d'anormal, il le saurait.

Le chien, les bergers, les brebis, le ravin.

Les bergers ! Un homme, un seul, avait signalé l'étrangeté des blessures, en soulignant que ce n'était pas l'œuvre d'un loup : le meunier... Mais il n'avait rien dit pour le chien, ni les brebis, ni le ravin.

Pfff...

La soirée avait été détestable pour tous. A cause de Jordane pour les uns, à cause de l'enfer pour les autres. On ne dormait pas. On se tournait et se retournait, cherchant dans sa conscience quelque faute qui y serait enfouie, et qui pourrait vous précipiter dans les affres d'une géhenne aussi épouvantable.

Soudain, comme un avertissement supplémentaire, on entendit le hurlement des loups. Des cris terribles, des lamentations qui déchiraient la nuit. On se terra au fond des lits.

Plus question de dormir. Garin, les yeux grands ouverts, le cœur serré, se tenait aux aguets. Pouvait-on comprendre le langage des loups ? Il aurait donné cher pour savoir ce qu'ils disaient.

Oh oui ! les loups avaient un langage, il n'y avait pas à en douter, car des imprécations comme celles-là, il n'en avait jamais entendu.

Des imprécations... c'était le mot qui convenait.

Ce fut un interminable concert de hurlements sauvages. Puis, d'un coup, le ton se modifia. On eût dit soudain que les cris se muaient en appel, en une sorte de chant... de chant dément, où mille voix se mêlaient, un chant d'une ampleur telle qu'il pouvait sûrement rameuter tous les peuples loups jusqu'aux terres les plus reculées. C'était effroyable.

Le pire fut lorsque tout se tut. Le silence. Glacé. On n'osait plus respirer. Un silence rampant.

Les guetteurs du clocher lancèrent une clameur :

– Les loups !

La cloche sonna l'alarme, jetant tout le monde à bas des lits. Les loups ! les loups !

– Ne sortez pas, hurlaient les guetteurs, ne sortez pas !

Les loups avaient bondi sur les toits les plus proches et grattaient avec acharnement le genêt. On se réfugia en hurlant dans les coffres, les huches, sous les lits.

– C'est la grange ! La grange !

Aux cris qui venaient du clocher, on crut comprendre que les loups s'attaquaient finalement à une grange.

Garin en fut très surpris : quand les loups cherchaient à trouer les toits, c'étaient uniquement ceux des bergeries, pour y dévorer un mouton, pas ceux des granges !

Grange !... Celle où l'on avait enfermé Jordane ?

Il y eut des appels, des cris, des grognements rageurs. Les guetteurs s'époumonaient :

– Il y en a partout, ils cernent le village. Ils vont réussir à pénétrer dans la grange... Ah ! le feu ! le feu dans la grange !

Personne ne bougea. On se serrait en tremblant les uns contre les autres. Le feu de la grange, il ne pouvait se communiquer au reste du village, car il s'agissait de la grange de la forge, et la forge était un endroit si facilement inflammable qu'on l'avait isolée. Les cloches se remirent à sonner le tocsin à toute volée.

Au petit matin, la terreur était toujours ancrée au fond des yeux. On entrouvrit les portes, tout semblait calme. On s'arma néanmoins de fourches et de faucilles pour sortir.

Garin en était malade de désespoir. Il hésitait à mettre le nez dehors, lorsqu'il apprit que ni Jordane ni Julen, le maréchal-ferrant, n'avaient trouvé la mort dans l'incendie : ils avaient réussi à s'enfuir, et à se réfugier dans l'église. Ce fut pour lui un tel soulagement qu'il vit là un signe du ciel... mais peut-être fallait-il se méfier des signes du ciel...

On sut bientôt ce qui s'était passé par Julen lui-même, puisque c'était lui qui avait la garde de Jordane pendant la nuit.

– J'ai vu une chose ahurissante, raconta-t-il à un auditoire médusé. Voilà que pendant que la fille dormait, elle s'est mise à émettre des petits bruits, comme ça...

Il cherchait à imiter quelque chose que personne ne reconnut.

Et après, après cela, il avait entendu les loups dans la forêt... enfin, ce que tout le monde avait entendu. Et puis après, l'attaque. Affreux. Tant de loups sur les toits. Il avait préféré mettre le feu pour les chasser, et cela avait réussi.

– Sorcière ! Sorcière ! Il faut la brûler tout de suite. Tout de suite ! S'en débarrasser !

– Attendez ! Attendez ! réclamait le curé à grands renforts de bras.

La vision de l'enfer l'avait-il impressionné au point qu'il ait peur de mener ses ouailles sur de mauvais chemins ?

– C'est une sorcière ! Elle a appelé les loups !

– Elle les a peut-être même appelés pour aller au sabbat * !

– Attendez ! répéta le curé. Le scribe, ici présent, nous a promis une preuve de l'innocence de Jordane avant ce soir. Patientons jusqu'à ce soir.

– Mais vous avez vu...

Et alors, le curé dit quelque chose d'extrêmement sensé, qui le fit derechef remonter dans l'estime de Garin :

– Jordane nous dit qu'elle ne sait plus parler avec les loups, et c'est peut-être vrai. Toutefois, elle a vécu longtemps au milieu d'eux, à un âge où l'on apprend beaucoup sans s'en apercevoir. Cette nuit, en dormant, dans sa terreur de mourir dans les flammes, elle a involontairement émis les pleurs du louveteau en danger.

Tout le monde resta stupéfait d'un tel raisonnement ; on pouvait admettre qu'il se tenait.

– Remettons notre jugement entre les mains de Dieu ! proposa le curé. Si Jordane est coupable, Dieu ne permettra pas que le scribe rassemble les preuves. Ne risquons pas une faute irréparable.

Il n'eut pas besoin d'en dire plus : les flammes de l'enfer dansaient devant les yeux de tous.

... Les flammes de l'enfer ! réalisa soudain Garin. Il savait qui la scène lui rappelait !

---

* Dans la tradition, les sorcières allaient à leurs réunions (les sabbats), sur un loup qu'elles chevauchaient à l'envers.

# 19

## Une image de l'enfer

Sur la toile peinte, vivante image de l'enfer, la femme suppliante lui rappelait la vieille Jeanne Legaigneux.

L'objet ! S'il arrivait malheur à Jordane, il faudrait aller chercher chez la vieille un objet. Le malheur n'était pas arrivé, mais si Garin savait ce qu'était réellement cet objet, il pourrait peut-être éviter le malheur.

Jeanne Legaigneux vivait loin du village, dans une ferme pauvre, boueuse, avec juste un cochon et quelques poules.

– Ah ! non ! répondit-elle à Garin d'un ton définitif. Cela ne vous regarde pas. Je remettrai l'objet au curé, et seulement à lui, et seulement si Jordane meurt.

– Vous allez attendre qu'elle meure ?

La vieille eut l'air ennuyé.

– Je vous en prie, insista Garin, dites-moi juste ce qu'il y a dans cette boîte. Peut-être cela pourrait-il sauver Jordane !

– Un parchemin, fit la vieille de mauvaise grâce.

– Que dit-il ?

– Ah ! ça suffit ! Comment voulez-vous que je le sache, je ne sais point lire !

– Qui vous l'a donné ?

– Son père. Le père de Jordane.

– Vous rendez-vous compte ? Il contient peut-être quelque chose d'important. Si Jordane mourait d'une autre façon, d'accord, vous pourriez donner l'objet après, mais là... on organise sa mort, comprenez-vous ? On organise sa mort.

– Mère, intervint une des filles, il a raison. Montrons-lui le parchemin. Nous avons suffisamment pleuré sur ce qui arrive.

– Cette histoire de sorcellerie, dit l'autre fille, ça me fait frémir. Je ne peux y croire.

– ... La boîte est sur la cheminée, grommela la vieille à contrecœur.

Garin bondit avant qu'elle ne puisse se raviser. Un rouleau d'argent, contenant un petit parchemin roulé. Il ouvrit, les mains tremblantes d'énervement, et lut rapidement. Deux fois.

– Qu'est-ce que ça dit ? demanda la vieille.

– Ceci : « Si ma fille Jordane mourait de mort accidentelle, mon testament déposé chez mon frère ne serait plus valable. »

– Ah !

La vieille paraissait déçue.

– Il avait donc fait un testament ? s'étonna Garin.

– On en fait toujours avant de partir en pèlerinage. Les routes sont dangereuses.

– Vous savez ce que contient ce testament ?

– Oui, j'étais témoin... Il ne contient rien de surprenant : si sa femme décède et Jordane aussi, les biens reviennent à Macé, à charge pour lui d'élever les deux petites. Et il est précisé en bas que si Jordane ou sa femme meurent par accident, le testament n'est plus valable... Je ne vois pas pourquoi il le redit ici.

Garin voyait parfaitement, lui : un parchemin, ça se regratte. Bien sûr, il faut d'abord ouvrir sans briser le sceau de cire, mais on peut y arriver. Ensuite, il suffisait que Macé frotte les lignes qui le gênaient à la pierre ponce, ou même au couteau, pour faire disparaître cette clause. Le père de Jordane se méfiait-il donc à ce point de son frère ?

... Ainsi, Jordane éliminée, le meunier héritait de son frère...

Garin sentit l'excitation le gagner. Cela ne prouvait pas que Macé soit pour quelque chose dans cette affaire, mais tout de même...

– Savez-vous si le père de Jordane est mort ? demanda subitement Garin.

– Il l'est.

– Vous en êtes sûre ?

– Sûre. S'il n'était pas mort, voilà longtemps qu'il serait revenu. Il n'aurait pas laissé ses filles toutes seules après la mort de leur mère... Ou alors, il n'a pas su la mort de sa femme, mais tout de même... si longtemps...

– Vous croyez que c'était un bon père ?

– Un bon père, dit la femme en accompagnant son affirmation d'un signe de tête décidé.

Garin se rappela soudain la lettre, dans son surcot. Il la sortit et compara les parchemins. Ce n'était pas la même écriture, évidemment : Huet Prigent ne sachant pas écrire, le travail avait été fait par d'autres. Un bon père ?

Tiens ! Il y avait deux lignes au dos de la lettre, qu'il n'avait pas lues la veille. Il déplia de nouveau le parchemin. Il était écrit :

*« Je serai heureux que tu portes des fleurs chaque semaine sur la tombe de ma femme et de mes trois malheureuses petites filles. »*

Il leva la tête :

– Huet Prigent, demanda-t-il d'un ton pressant, a-t-il eu d'autres filles, et qui sont mortes ?

– Non, deux fils seulement, tués par la Grande Maladie.

Bon sang ! Huet Prigent était toujours en vie, il en prenait le pari ! Son frère lui avait fait croire à la mort de tous les siens pour qu'il ne revienne jamais. Et maintenant ... maintenant, il fallait que Jordane meure pour qu'il hérite. Oui, qu'elle meure... et surtout pas qu'elle vende et s'en aille !

Sambleu ! Contrairement aux apparences, Macé ne la défendait pas : en sacrifiant quelques sacs de grains, il empêchait Jordane de partir, et protégeait son héritage. Il ne lui restait plus très longtemps à attendre, car Jordane allait mourir... pas accidentellement ! Inutile de regratter le parchemin !

Saint Garin, faites que j'arrive à temps !

Le moulin. Entrer discrètement par la fenêtre. Personne dans la chambre, seulement des voix en bas. Fouiller le coffre, jusqu'au fond.

Garin découvrit le parchemin enroulé. Le sceau en était intact, évidement, puisqu'on n'avait pas eu besoin d'y toucher. Il fallait tout de suite apporter cette preuve...

Vite ! Est-ce que ce n'était pas de la fumée, là-bas ? Non, ils n'oseraient pas. Ils attendraient la pleine lune de ce soir.

... Il ne fallait pas se précipiter, c'était idiot ! Le meunier... Est-ce que lui, Garin Trousseboeuf, pouvait se permettre d'accuser le meunier avec certitude ? Il détenait un testament et une lettre prouvant que Huet croyait ses filles mortes, pas des aveux !

Il rentra de nouveau dans la chambre aussi vite qu'il en était sorti. Par la trappe ouverte dans le plancher, il apercevait le meunier et deux femmes qui attendaient leur tour, dans le grincement détestable des engrenages.

Ne pas descendre par l'échelle, il y avait mieux...

Garin se laissa tomber en bas. L'effet de surprise fut tel, que les deux femmes poussèrent un cri. Ébahies, elles ne pouvaient que fixer de leurs yeux ronds le scribe qui venait de se jeter sur Macé Prigent. Mais que faisait-il ? S'il continuait, les cheveux blancs du meunier allaient se prendre dans les engrenages !

– C'est toi, criait le scribe, c'est toi qui as monté cette affaire ! Tu voulais tuer Jordane !

– ... Vous êtes fou ! Lâchez-moi !

– Je ne te lâcherai pas. Je sais tout. D'abord, tu as revêtu une peau de loup, tu t'es jeté sur le berger par-derrière, et tu l'as griffé au visage avec un outil tranchant.

– Non… attention, les engrenages !

– C'est toi aussi qui as égorgé les brebis en t'arrangeant pour que les blessures ne ressemblent pas à celles d'un loup, et qu'on soit forcé de le remarquer. Pas besoin, cette fois, d'insister toi-même là-dessus.

– Les engrenages… au secours !

Stupéfaites des paroles du scribe, les deux femmes ne pouvaient se décider à intervenir.

– C'est toi qui as terrorisé les enfants.

– Non… Aaah ! … Oui, c'est moi, je vous en conjure…

Garin retira vivement le meunier en arrière. Il ne se serait jamais cru une telle force. Et qu'aurait-il fait si les cheveux du meunier s'étaient pris dans les rouages ? Ouh ! Il préférait ne pas y penser !

Vert de frayeur, Macé Prigent demeurait prostré sur le sol.

– Tu voulais la mort de Jordane, et c'est la présence des loups qui t'a donné une idée : il fallait profiter de son aventure d'autrefois pour la faire passer pour un loup-garou. Tu as donc tué un chien, griffé un berger, égorgé des brebis, et pour finir…

Garin tira violemment en arrière les cheveux du vieil homme.

– Pour finir, tu as convoqué Jordane au moulin, pour que tout le monde la voie bien ; tu l'as convoquée à midi, pour être sûr de l'heure à laquelle tu devais faire le travail sans qu'on remarque ton absence au moulin. Alors, tu t'es déguisé avec une peau de loup, comme celles qu'il y a dans ta chambre, tu as attaqué les enfants et tu les as poussés dans le ravin.

– Non… Non, je ne voulais pas qu'ils meurent. Ils se sont jetés d'eux-mêmes dans le ravin, de peur… Je ne voulais pas…

Alors que Garin retrouvait peu à peu son calme, les femmes éberluées commençaient seulement à comprendre.

– Il a fait... Maudit ! Maudit !

– Maudit ! Que le diable te prenne en enfer !

Elles se jetèrent sur le meunier et se mirent à le battre avec fureur.

Jordane regardait droit devant elle. Elle ne pleurait plus, elle priait Dieu qu'il veuille bien veiller sur ses petites sœurs. On lui avait attaché les mains derrière le piquet, et les liens la blessaient. De chaque côté d'elle, sur les fagots de bois, on avait jeté les cadavres des loups rapportés par le seigneur de Lémur. Il s'était remis à neiger.

Le prédicateur récitait depuis un moment des Pater Noster et des Ave Maria, en brandissant une haute croix, d'où le Christ la regardait tristement.

– Repens-toi ! clamait-il entre deux prières.

La foule commençait à s'agglutiner devant le bûcher, se joignant aux litanies du prêtre. Jordane ne voulait plus voir leur visage. Elle baissa la tête. Garin ne viendrait plus. Seuls les loups avaient tenté quelque chose pour elle, mais maintenant les grands feux qui cernaient le village les empêcheraient d'approcher.

Vêpres sonnèrent au couvent.

– Le soir tombe, dit le maréchal-ferrant avec inquiétude.

– Attendons, s'entêta le curé. Il reste encore du temps avant la nuit.

– Si le ciel avait été clair, reprit Julen, il serait resté du temps, mais là...

On percevait la peur dans ses paroles. Il regarda vers la forêt. Attendre lui était une torture.

– Il nous faut en finir, en finır avant la nuit, sinon nous risquons une nouvelle attaque des loups.

Et, n'y tenant plus, sans égard pour les faibles protestations du curé, il se dirigea vers la forge, alluma gravement une torche au foyer, et revint d'un pas solennel, conscient qu'il allait accomplir un acte de purification.

Jordane ferma les yeux. Elle ne se sentait plus capable de penser et seule l'épouvante emplissait son cœur.

Elle ne comprit pas tout de suite les clameurs qui s'élevaient. Elle percevait l'odeur terrifiante de la torche de résine. Le feu. Non, le tumulte ne saluait pas le feu. Il interrogeait.

Elle n'osait ouvrir les yeux, écouter cette petite voix d'espoir.

Du côté de l'entrée, un groupe venait d'apparaître. Deux femmes, dans un état de fureur épouvantable, poussaient Macé Prigent en le frappant avec un bâton. Garin suivait.

Les prières s'arrêtèrent. Tous les regards se portèrent sur le groupe, sur le scribe. Personne ne dit mot, à cause de la stupéfaction où ils étaient tous plongés, non pas de voir Garin avec le meunier, mais surtout de voir que les femmes qui le menaient tenaient celui-ci pour dramatiquement coupable de quelque chose.

Le petit groupe fendit la foule. Enfin, Garin saisit le meunier par le haut de son vêtement et le jeta au pied du bûcher.

– Voilà, dit-il en s'essuyant ostensiblement les mains, c'est le soir de la pleine lune.

Il regarda le maréchal-ferrant et sa torche criminelle droit dans les yeux et répéta :

– C'est le soir de la pleine lune.

On entendit à cet instant le hurlement tout proche d'un loup. Les yeux que Jordane fixait sur Garin et son oncle se tournèrent lentement vers la forêt. Avait-elle bien compris ce que disait le loup ? Son regard se figea, sa bouche s'entrouvrit...

Cet homme... un inconnu. Non, pas un inconnu. Un homme fatigué, qui portait sur la poitrine la coquille des pèlerins de Saint-Jacques.

Huet ! Huet Prigent !

C'était comme si la foudre était tombée.

Les lèvres de Jordane remuèrent faiblement. Père... c'était son père.

Mon Dieu ! Huet Prigent !

On restait là, à contempler tour à tour la silhouette du pèlerin, le bûcher, le meunier, sans rien comprendre. Le maréchal-ferrant réagit le premier. Il se précipita vers le voyageur et, les bras écartés, se planta devant lui pour lui barrer le chemin.

– Arrête-toi, Huet Prigent ! Tu ne peux plus rien. Ta fille est une sorcière.

L'homme le foudroya du regard. Avant qu'il n'ait eu le temps de dire quoi que ce soit, Garin se précipita, bousculant le maréchal-ferrant :

– Mais vous n'avez rien compris ! Taisez-vous donc ! Tout a été manigancé par Macé ! Jordane n'est ni loup-garou ni sorcière, elle n'a rien fait de ce qui lui est reproché, rien !

Les deux femmes qui l'avaient accompagné hochèrent la tête dans un violent signe d'approbation. Le visage du voyageur était devenu exsangue.

– Détachez-la, souffla-t-il.

Jeanne Legaigneux lui prit doucement le bras.

– Ils ont cru… souffla-t-elle.

Tout le monde n'avait pas saisi l'enchaînement des événements. Quant à l'homme à la coquille Saint-Jacques, il hochait faiblement la tête. Il semblait comme foudroyé.

– Mon dieu, pardonnez-moi, dit-il.

Se reprenant d'un coup, il laissa tomber son sac et son bâton, et bondit sur le bûcher.

– Ma petite, dit-il en serrant sa fille dans ses bras, ma petite, pardonne-moi.

Et, se tournant vers la foule, il cria d'une voix de colère :

– Bande de lâches !

– Si tu avais été là pour élever tes filles, au lieu de courir le monde, se défendit le maréchal-ferrant, rien ne serait arrivé.

– Si j'avais été là…

Huet se calma d'un coup.

– Oui, dit-il, j'ai eu tort de partir, Dieu m'avait confié des enfants. Mais elles avaient leur mère… Elles avaient leur mère ! Et je serais revenu depuis longtemps si on ne m'avait pas fait croire que mes filles étaient mortes ! … Lui, me l'a fait croire !

Et de son doigt accusateur, il désignait son frère.

– Mais alors, interrogea Garin, comment se fait-il que vous soyez de retour ?

L'homme considéra avec surprise cet étranger qui semblait fort mêlé aux événements.

– J'ai rencontré Clément Lebrun, l'ancien curé d'ici. Quand j'ai appris que les nouvelles que m'avait fait parvenir mon frère étaient fausses, que mes petites étaient toujours en vie et qu'elles étaient seules… Misérable ! Misérable ! L'appât du gain aura détruit en toi toute humanité !

Le foule se tourna d'un bloc vers le meunier.

– Qu'on le chasse ! Qu'on le chasse ! Maudit soit-il dans l'éternité !

Voilà que soudain la colère des villageois montait, à la mesure de la terreur qui les avait étreints si longtemps, et de l'angoisse d'avoir été si près de commettre un meurtre affreux. Ils se baissèrent et se saisirent de pierres. Ils lancèrent, lancèrent, lancèrent, chassant le meunier qui courait avec peine, droit devant lui, droit vers la forêt des loups.

« Il faut savoir partir, se dit Garin. Au matin, je m'en irai ». Il jeta un dernier regard par la lucarne de la grange. Le ciel s'était dégagé, la lune éclairait la prairie blanche de sa lumière magique, irréelle, et la neige lui renvoyait un éclat presque doré.

Garin soupira et se rallongea sur sa couche. Oui, l'hiver serait rude.

Une silhouette noire sortit de la forêt. Tranquillement, elle s'avança sur la neige immaculée. Une lueur brillait dans la petite maison. Là-bas, le village s'était fermé.

Il n'était pas l'ennemi de l'homme, mais l'homme était son ennemi, il le savait. Il s'assit sur la neige glacée et, sans quitter des yeux la haute palissade, il se lécha doucement la patte.

# TABLE DES MATIÈRES


| | |
|---|---|
| UN HIVER MENAÇANT | 7 |
| DRÔLE DE MAISON | 15 |
| LA FILLE AUX LOUPS | 23 |
| LE VILLAGE DERRIÈRE LES PALISSADES | 34 |
| LA MARQUE DU LOUP | 42 |
| SAUVAGE ! | 53 |
| LE MEUNIER | 63 |
| UNE VISITE TRÈS BIZARRE | 72 |
| VIEILLES HISTOIRES | 79 |
| UNE LETTRE | 88 |
| DES RAPACES TOUT AUTOUR | 99 |
| LOUP-GAROU | 112 |
| LE BINIOU | 123 |
| DES NOUVELLES ACCABLANTES | 134 |
| UN DRAME | 146 |
| SORCIÈRE ! | 153 |
| DEUX JOURS AVANT LA PLEINE LUNE | 166 |
| UNE NUIT ÉPOUVANTABLE | 177 |
| UNE IMAGE DE L'ENFER | 185 |
| L'AUTEUR, L'ILLUSTRATEUR | 200 |

## EVELYNE BRISOU-PELLEN
## L'AUTEUR

*OÙ ÊTES-VOUS NÉE ?*
**E. B.-P.** Par le plus pur des hasards, je suis née au camp militaire de Coëtquidan, en Bretagne. Ensuite, j'ai vécu au Maroc, puis à Rennes, puis à Vannes.

*OÙ VIVEZ-VOUS MAINTENANT ?*
**E. B.-P.** Je suis revenue à Rennes faire mes études à l'université, je m'y suis mariée et j'y suis restée.

*ÉCRIVEZ-VOUS CHAQUE JOUR ?*
**E. B.-P.** Non. Il y a de longues périodes pendant lesquelles je n'écris pas. En revanche, à partir du moment où j'ai commencé un roman, je m'y attelle chaque jour, de manière à bien rester dans l'ambiance.

*ÊTES-VOUS UN « AUTEUR À PLEIN TEMPS » ?*
**E. B.-P.** Oui. Mais le travail d'écrivain que je croyais être de solitude et de silence s'est révélé plus complexe : on me demande souvent d'aller dans les classes répondre aux questions de mes lecteurs, et là… point de silence ni de solitude…

*EST-CE QUE* L'HIVER DES LOUPS *DÉCOULE D'UNE EXPÉRIENCE PERSONNELLE ?*
**E. B.-P.** Ma foi, je n'ai pas été élevée par des loups.

*QU'EST-CE QUI VOUS A INSPIRÉ CETTE HISTOIRE ?*
**E. B.-P.** « Les loups sont entrés dans la ville »… Une petite phrase qui terrifiait nos ancêtres. Moi, elle me chantait dans la tête depuis longtemps… Il fallait que

j'écrive un roman qui me sonne à l'oreille de la même façon ! Quand on se plonge dans le Moyen Age, on se trouve forcément nez-à-nez avec les loups. Ils sont partout, dans les bois, dans les contes, dans l'esprit des gens. Sur sa route, Garin les a forcément rencontrés. Les pires terreurs leur sont associées (la punition d'un assassin est de se transformer en loup-garou) et il faut bien le dire, à ces époques lointaines, il est très difficile de leur trouver des défenseurs. Voyons voyons... Qui sont-ils ? Que dit-on d'eux ? Comment vivent-ils ? Tiens ! Ils semblent avoir des attitudes différentes selon les périodes... Pourquoi ? Fouillons dans les réalités et dans les fantasmes. Ouh !... Nous voilà en novembre 1354... j'entends leur hurlement au fond de la forêt...

Aux Éditions Gallimard jeunesse,
Evelyne Brisou-Pellen a déjà publié
dans la collection FOLIO JUNIOR :

*Le défi des druides*
illustré par Morgan

*Le fantôme de maître Guillemin*
illustré par Romain Slocombe

*L'inconnu du donjon*
illustré par Nicolas Wintz

## NICOLAS WINTZ

### L'ILLUSTRATEUR

Nicolas Wintz est né en 1959 à Strasbourg. Il illustre depuis 1981 des livres documentaires, historiques ou de fiction. Il a réalisé plusieurs albums de bandes dessinées. et travaillé pour le dessin animé et la presse.
Aux Éditions Gallimard jeunesse, il a déjà illustré *L'inconnu du donjon* et *Le crâne percé d'un trou*, de Evelyne Brisou-Pellen dans la collection Folio junior.

Découvrez le **Moyen Age** dans la collection FOLIO **JUNIOR**

## **YVAIN** LE CHEVALIER AU LION

Chrétien **de Troyes**
n° 653

Malgré l'amour qu'il porte à son épouse, la belle Laudine, le chevalier Yvain s'en va combattre aux côtés du roi Arthur. Il a fait le serment de revenir au bout d'un an. Mais il manque à sa promesse et perd l'amour de Laudine... Désespéré, Yvain erre alors d'aventure en aventure, suivi par un lion à qui il a sauvé la vie. Saura-t-il gagner par l'éclat de ses prouesses le pardon de celle qu'il aime ?

## **PERCEVAL** OU LE ROMAN DU GRAAL

Chrétien **de Troyes**
n° 668

Élevé au plus profond de la forêt galloise, le jeune Perceval ignore tout du monde qui l'entoure. Mais un jour, au détour d'un sentier, il rencontre cinq chevaliers. Ébloui, il sent s'éveiller dans son cœur le désir d'accomplir des prouesses dignes d'être célébrées. Il se rend à la cour du roi Arthur pour y être armé chevalier. Mais avant même d'avoir reçu, des mains de son suzerain, l'écu et la lance, il devra faire la preuve de sa vaillance.

## **LANCELOT** LE CHEVALIER À LA CHARRETTE

### Chrétien **de Troyes**

n° 546

Lancelot ne vit que pour l'amour de Guenièvre, la reine, l'épouse du roi Arthur, son suzerain. Un chevalier inconnu enlève Guenièvre et l'emmène dans un pays d'où nul ne revient. Pour l'amour de la reine, le preux Lancelot est prêt à accepter la pire humiliation jamais infligée à un chevalier : monter dans une charrette.

## **TRISTAN** ET ISEUT

### André **Mary**

n° 724

Tristan de Loonois, l'orphelin né sous le signe de la tristesse, sert avec fidélité le roi de Cornouailles. Pour lui, il affronte le cruel Morhout et traverse la mer pour ramener la belle Iseut que le roi Marc a choisie pour épouse. Mais sur la nef qui les emporte, Tristan et Iseut boivent par mégarde le vin herbé préparé par la mère de la jeune fille pour la nuit de ses noces. Aussitôt s'éveille en leurs cœurs un amour irrésistible qui les conduira à braver les lois humaines ; car il n'existe point de remède au feu qui les consume...

## **L'INCONNU** DU DONJON

### Evelyne **Brisou-Pellen**

n° 809

Les routes sont peu sûres en cette année 1354, et voilà Garin pris dans une bagarre entre Français et Anglais, et enfermé au château de Montmuran. Il y a avec lui un drôle de prisonnier, un homme dont personne ne sait le nom. Garin découvre son identité. Hélas, cela ne va lui causer que des ennuis... surtout lorsqu'on s'aperçoit que le prisonnier s'est mystérieusement volatilisé.

## LE FANTÔME DE MAÎTRE GUILLEMIN

Evelyne **Brisou-Pellen**

n° 770

Pour Martin, l'année 1481 va être une année terrible. Quittant l'orphelinat d'Angers où il a été élevé, il vient d'arriver à l'université de Nantes. Il n'a que douze ans, et cela éveille les soupçons : a-t-il obtenu une faveur ? Son maître ne semble pas l'aimer, et, au collège Saint-Jean où il est hébergé, rôde, dit-on, le mystérieux fantôme de maître Guillemin. Les autres étudiants, beaucoup plus âgés, ne sont pas tendres avec lui. Un soir, il est même jeté dans l'escalier par deux d'entre eux. Le lendemain matin, on trouve l'un de ses agresseurs assassiné !

## LE ROI ARTHUR

**Michael Morpurgo**

n° 871

Le roi Arthur raconte sa vie à un jeune garçon d'aujourd'hui : « C'est une longue histoire, une histoire de grand amour, de grande tragédie, de magie et de mystère, de triomphe et de désastre. C'est mon histoire. Mais c'est l'histoire surtout de la Table Ronde où, autrefois, siégeait une assemblée de chevaliers, les hommes les meilleurs et les plus valeureux que le monde ait jamais connus... »

## LE VŒU DU PAON

### Jean-Côme **Noguès**

n° 395

En pays d'Oc, en 1204, Grillot – le grillon – est un jeune garçon qui a été trouvé à la fontaine. Ragonne, la vieille serve qui l'a nourri et aimé, vient de mourir. Deux ou trois fois l'an, Jordi le jongleur au rire éclatant traverse le village. Il a promis à Grillot de l'emmener dans son voyage, de château en château. Le temps est venu du départ vers les montagnes, dont l'enfant rêve. Peut-être trouvera-t-il la réponse aux questions qui, jour après jour, l'obsèdent : de qui est-il le fils et pourquoi l'a-t-on abandonné ?

Maquette : Françoise Pham

Loi n° 49-956 du 16 juillet 1949
sur les publications destinées à la jeunesse
ISBN : 2-07-051899-X
Dépôt légal : mai 2003
1er dépôt légal dans la même collection : avril 1998
N° d'édition : 124756 - N° d'impression : 63953
Imprimé en France sur les presses de la Société Nouvelle Firmin-Didot